Recuerdos ocultos

ANDREA LAURENCE

Editado por HARLEQUIN IBÉRICA, S.A.
Núñez de Balboa, 56
28001 Madrid

I.S.B.N.: 978-84-687-0932-1
Depósito legal: M-32251-2012
Editor responsable: Luis Pugni
Fotomecánica: M.T. Color & Diseño, S.L. Las Rozas (Madrid)
Impresión en Black print CPI (Barcelona)
Fecha impresion para Argentina: 3.6.13
Distribuidor exclusivo para España: LOGISTA
Distribuidor para México: CODIPLYRSA
Distribuidores para Argentina: interior, BERTRAN, S.A.C. Vélez
Sársfield, 1950. Cap. Fed./ Buenos Aires y Gran Buenos Aires,
VACCARO SÁNCHEZ y Cía, S.A.

Prólogo

No volveré a utilizar esta aerolínea. ¿Sabe cuánto he pagado por el billete? ¡Esto es ridículo!

El chirrido de la voz femenina, hirió los oídos de Adrienne en cuanto subió al avión. La mujer sonaba como ella se sentía, solo que Adrienne estaba furiosa consigo misma, no con una azafata indefensa. Volvía a casa tras haber fracasado, pero no podía culpar a nadie, más que a ella.

Su tía le había dicho que utilizar el dinero del seguro de vida de su padre para montar una empresa de diseño de moda en Manhattan era arriesgado y estúpido. Y que un año después estaría de vuelta en Milwaukee, arruinada.

Al menos, su tía no había acertado en todo. Habían pasado casi tres años. Adrienne había tenido un éxito moderado y algunos clientes fijos, pero el coste de mantenerse a flote en la ciudad de Nueva York era más de lo que podía permitirse sin un gran éxito, que no había llegado.

Adrienne miró su tarjeta de embarque y fue avanzando hacia el asiento 14B. Al llegar, se dio cuenta de que la mujer de voz chillona iba a ser su compañera de vuelo. Aunque más calmada, no parecía feliz. Adrienne agarró su libro, colocó su bolsa en el compartimento superior y ocupó su asiento, evitando el contacto ocular.

–No puedo creer que, por un grupo de hombres de negocios japoneses, me hayan sacado de primera clase y adjudicado un asiento de ventanilla. Apenas puedo mover los brazos.

–¿Le gustaría cambiar de asiento? –ofreció Adrienne.

–Eso sería maravilloso, gracias.

La expresión de la mujer se suavizó. Era muy guapa. Tenía una sonrisa amplia, con perfectos blancos y labios carnosos; el pelo castaño oscuro, largo y liso; y ojos verdes. A Adrienne le recordó a su madre; de hecho podría haber sido su atractiva y elegante hermana mayor. Llevaba un traje caro, de corte impecable, y calzaba los Jimmy Choos de más éxito de la temporada.

Esa mujer tendría que haber sido la hija única de la bella y fabulosa Miriam Lockhart. Adrienne había heredado el gusto de su madre por la moda y su destreza en la máquina de coser, pero tenía el pelo ondulado e indomable y lo dientes torcidos de su padre.

Se puso en pie para cambiar de asiento. No le importaba ir en la ventanilla, y así vería cómo Nueva York quedaba atrás, junto con sus sueños.

–Me llamo Cynthia Dempsey –dijo la mujer.

Adrienne metió el libro en el bolsillo del asiento de delante y le sonrió, esperando que la mujer no se fijara en sus dientes torcidos.

–Adrienne Lockhart –se presentó.

–Es un nombre genial. Quedaría fantástico en un cartel de cine en Times Square.

–No nací para la fama, pero gracias –Adrienne habría querido verlo en la etiqueta de una colección de prendas de diseño exclusivo.

Cynthia jugueteó con el anillo de compromiso que llevaba puesto, que le bailaba en el dedo. El diamante y la montura eran tan grandes que resultaba abrumador en esos dedos tan delgados.

–¿Vas a casarte pronto?

–Sí –suspiró Cynthia. Su rostro no se iluminó como habría debido. Se inclinó hacia ella como si fuera a contarle un cotilleo–. Me caso con William Taylor Tercero en el Plaza, en mayo. Propietario del *Daily Observer*.

Con eso quedaba dicho todo. Seguramente gastaría más en su vestido de boda que lo que Adrienne había heredado cuando falleció su padre.

–¿Quién diseñará tu vestido? –le preguntó.

–Badgley Mischka.

–Me encantan. Hice prácticas con ellos un verano, en la facultad, pero prefiero la ropa de diario para la mujer moderna y trabajadora. Ropa deportiva. Prendas sueltas para coordinar.

–¿Te dedicas a la industria de la moda?

–Me dedicaba –Adrienne torció el gesto–. Tenía una boutique en SoHo, que acabo de cerrar.

–¿Dónde podría haber visto tu trabajo?

–Me temo que esta es tu última oportunidad de ver un Adrienne Lockhart –señaló la blusa gris y rosa que llevaba puesta. El inusual del cuello y el pespunteado le daban su toque distintivo.

–Es una lástima –Cynthia frunció el ceño–. Me encanta, y a mis amigas también les gustaría.

Adrienne había intentado dar publicidad a sus prendas durante tres años. Había enviado muestras a estilistas y había lucido su ropa siempre que podía, buscando captar la atención de alguien influyente. Y, típico de su suerte, conocía a la persona adecuada en el avión de vuelta a casa.

Adrienne se recostó y cerró los ojos. Odiaba volar. Odiaba las turbulencias. Odiaba la sensación en el estómago en el despegue y el aterrizaje. Los motores rugieron y el avión aceleró. Abrió los ojos un segundo y vio a Cynthia dando vueltas al anillo con nerviosismo. Tampoco parecía gustarle volar.

Las ruedas abandonaron el suelo y el avión se estremeció con una sacudida. El codo de Cynthia resbaló del reposabrazos y el anillo salió disparado y rodó por el suelo hacia las filas de atrás.

–¡Oh!, diablos –protestó Cynthia.

Era el peor momento para que ocurriera algo así. Adrienne iba a tranquilizarla cuando se oyó una explosión. El avión se inclinó hacia delante. Adrienne miró por la ventanilla, aún no estaban demasiado lejos del suelo.

Cerró los ojos, ignorando los crujidos del avión y los gritos de los pasajeros. El piloto anunció un aterrizaje de emergencia. Adrienne apoyó la cabeza en las rodillas y se abrazó las piernas. Sonó otro estallido, las luces se apagaron y el avión cayó en picado.

Solo quedaba rezar.

Capítulo Uno

Cuatro semanas después

¿Cynthia?

La voz atravesó la niebla, arrancándola de la nube de sueño que le pedía el cuerpo. Deseó decirle a la voz que se fuera, que era más feliz dormida y sin dolor, pero la voz insistió.

—Cynthia, Will está aquí.

Algo aguijoneaba su mente, una sensación inquietante que le hacía arrugar la frente cada vez que alguien decía su nombre. Pero duraba un instante y no le daba tiempo a interpretar qué era.

—Quizás debería venir después. Necesita descansar —la voz grave del hombre la acercó más a la consciencia. Tenía ese poder sobre ella desde la primera vez que la había oído. Su cuerpo respondía a él, a su pesar.

—No, está sesteando. Quieren que se despierte, se mueva y participe en conversaciones.

—¿Para qué? No sabe quiénes somos.

—Dicen que puede recuperar la memoria en cualquier momento —la voz de la mujer sonó irritada—. Hablarle es lo mejor que podemos hacer para ayudar. Sé que es difícil, pero debemos intentarlo todos. Cynthia, despierta, por favor.

Abrió los ojos e intentó enfocarlos. Primero vio los fluorescentes, luego el rostro de la mujer mayor. Rebuscó en su mente. Decían que era su madre, Pauline Dempsey. Era descorazonador que ni la mujer que le había dado la vida hubiera dejado rastro en su cerebro.

Estaba muy guapa. Llevaba al cuello un pañuelo de flores que entonaba con el azul del traje pantalón y sus ojos verdes. Quiso alzar el brazo para ajustarlo, pero el cabestrillo se lo impidió. Sin saber por qué, había pensado que un ligero cambio de posición daría un aire más moderno y favorecedor al pañuelo.

–Will está aquí, cariño –Pauline pulsó el botón para alzar la cabecera de la cama de hospital.

Ella se pasó la mano por el pelo y ajustó el cabestrillo para que la escayola le molestara menos. Ya incorporada, vio a Will sentado a los pies de la cama. Decían que era su prometido. Cuando miraba a ese hombre guapo y bien vestido, le costaba creerlo. Pelo corto de color castaño y rasgos aristocráticos y angulosos, exceptuando los labios carnosos. Ojos azules, pero no sabía de qué tono porque mirarlo directamente la incomodaba. No sabía si era por cómo la escrutaba o por la poca emoción que veía en su mirada.

No sabía nada de nada, pero en las últimas semanas se había dado cuenta de que no parecía gustarle a su prometido. Siempre se sentaba lejos y la observaba con el ceño fruncido. O parecía suspicaz y confuso por lo que decía, o indiferente hacia ella y su estado. Eso le provocaba ganas de llorar, pero las ocultaba; en cuanto se inquietaba las enfermeras llegaban corriendo con calmantes que le adormecían todo, hasta el corazón.

Le gustaba ver la ropa de la gente y cómo la coordinaban, así que decidió centrarse en eso. Él llevaba un traje gris carbón, camisa azul y corbata de rombos. Dirigía un periódico y solo podía visitarla durante el almuerzo o después de trabajar, excepto si tenía reuniones. Y tenía muchas.

O eso, o era una excusa para no ir a verla.

–Hola, Will –dijo, aunque no sonó como ella quería. Las múltiples operaciones que habían hecho en su rostro iban bien, pero tardarían en cicatrizar. Había perdido todos los dientes delanteros en el accidente. Le habían implantado nuevos, pero los sentía raros en la boca. Aunque ya le habían quitado los puntos y había bajado la hinchazón, le costaba vocalizar.

–Os dejaré solos –dijo Pauline–. ¿Quieres que te suba un café, Will?

–No, estoy bien, gracias.

Su madre salió, dejándolos solos en la gran habitación privada, reservada para pacientes VIP. Por lo visto, ella lo era porque su familia había hecho una cuantiosa donación unos años antes.

–¿Cómo estás hoy, Cynthia?

–Bastante bien, gracias. ¿Cómo estás tú?

–Estoy bien –Will arrugó la frente un instante–. Ocupado, como siempre.

–Pareces cansado –dijo ella. No sabía qué aspecto tenía normalmente, pero tenía ojeras–. ¿Duermes bien?

–Supongo que no –admitió él tras una breve pausa–. Ha sido un mes muy estresante.

—Necesitas un poco de esto —dijo ella, tocando el tubo de la vía intravenosa—. Dormirás dieciséis horas como un bebé, quieras o no.

La complació que Will sonriera; era la primera vez que veía su sonrisa desde que había despertado en el hospital. Deseó oírlo reír. Él irradiaba seguridad y sexualidad; no dudaba que su risa sería de lo más sexy.

—Apuesto a que sí —dijo él, incómodo.

Ella nunca sabía qué decirle. Recibía visitas constantes de amigos y parientes, a los que habría jurado no haber visto en su vida, pero ninguna era tan incómoda como las de Will. Cuanto más amable era, más distante se volvía él, casi como si no esperase que ella lo tratara bien.

—Tengo algo para ti.

—¿En serio? —ella se incorporó algo más.

Al principio habían inundado su habitación de regalos. Y seguían llegando ramos de la familia e incluso de desconocidos que habían leído su historia en las noticias. Ser una de tres supervivientes de un accidente de avión era digno de muchos titulares.

—Me llamó la aerolínea. Siguen clasificando los restos y encontraron esto. La inscripción láser del número de serie del diamante, los condujo a mí —sacó una cajita de terciopelo del bolsillo. La abrió y reveló un enorme anillo de diamantes.

—Es una belleza.

Por la cara de Will, no era la respuesta correcta.

—Es tu anillo de compromiso.

Ella estuvo a punto de reírse, pero al ver su expresión seria, se contuvo.

–¿Mío? –le parecía desorbitado ser dueña de un anillo como ese. Contempló a Will ponérselo en el anular de la mano izquierda. Le quedaba algo justo, pero tenía los dedos hinchados por la rotura del brazo. Miró el anillo y sintió una vaga familiaridad–. Sí que me parece haberlo visto antes –los médicos le habían dicho que comentara cualquier cosa que resonara como recuerdo.

–Eso es bueno. Es único, si te resulta familiar es porque lo has visto antes. Lo llevé a que lo limpiaran y revisaran, pero quería traértelo. No me extraña que lo perdieras en el accidente. Con tanto hacer dieta para la boda te quedaba suelto.

–Y ahora me está demasiado justo y parezco la perdedora de una pelea de boxeo –dijo ella con una mueca que le provocó un pinchazo de dolor en la mejilla.

–No te preocupes, hay tiempo de sobra. Estamos en octubre. En mayo estarás recuperada.

–En mayo en el Plaza –dijo ella, sin saber por qué recordaba eso en concreto.

–Poco a poco irá volviendo todo –dijo él con una sonrisa que no reflejaron sus ojos. Se puso en pie y guardó la caja en el bolsillo–. Esta noche ceno con Alex, así que será mejor que me vaya.

Ella recordaba la visita de Alex la semana anterior. Era amigo de Will desde el colegio, y un conquistador. Incluso con su aspecto, le había dicho que era una belleza y que se la robaría a Will si no estuvieran prometidos. Aunque fuera mentira, ella había agradecido el esfuerzo.

–Pasadlo bien. Creo que aquí cenaremos pollo de goma con arroz.

Will soltó una risita y le acarició la mano.

—Te veré mañana —dijo.

En cuanto la tocó, ella sintió un escalofrío familiar en la espalda. Cada terminación nerviosa de su cuerpo se encendió con interés, en vez de dolor. Involuntariamente, le apretó la mano para alargar la conexión que anhelaba.

El contacto con él era mejor que la morfina. El mero roce de sus dedos en la piel hacía que se sintiera viva y excitada. Había sido así desde la primera vez que él le había besado el dorso de la mano. Aunque su cerebro no reconociera la imagen, su cuerpo sí reconocía a su amante.

Will miró su mano y luego a ella con una curiosidad que le hizo preguntarse si él sentía la misma conexión. Entonces se dio cuenta de que su ojos eran azul grisáceo. Durante un momento parecieron suaves y receptivos, como si su indiferencia se disolviera, pero justo entonces un pitido de su teléfono lo distrajo y se apartó.

—Buenas noches, Cynthia —dijo, yendo hacia la puerta.

En cuanto se fue, la estancia se volvió tan fría y estéril como cualquier otra habitación de hospital, y ella se sintió más sola que nunca.

Alex paladeaba su bebida, al otro lado de la mesa. Había estado en silencio durante los dos primeros platos. Will apreciaba su capacidad de disfrutar del silencio y no forzar la conversación para rellenarlo. Sabía que su amigo entendía que tenía muchas cosas en la cabeza y necesitaba disfrutar de su whisky escocés antes de hablar.

Había invitado a Alex a cenar porque necesitaba hablar con alguien sincero. La mayoría de la gente le decía lo que quería oír. Pero Alex era una de las pocas personas que conocía que tenía más dinero que él, y no tenía pelos en la lengua. Era un notorio playboy y Will no solía pedirle consejos de tipo romántico, pero sabía que Alex le daría claramente su opinión respecto a Cynthia.

La relación entre ellos era un desastre. Hacía unas semanas no había creído que pudiera empeorar, pero había sido como tentar al diablo.

–¿Cómo está Cynthia? –preguntó Alex por fin.

–Mejor. Está recuperándose muy bien, pero sigue sin recordar nada.

–¿Incluida la discusión?

–Sobre todo la discusión –Will suspiró.

Antes de que Cynthia pusiera rumbo a Chicago, Will se había enfrentado a ella con la evidencia de su infidelidad y había roto el compromiso. Ella le había dicho que podían hablarlo y solucionarlo cuando volviera, pero para él habían acabado. El avión de Cynthia se había estrellado y ella se había despertado con amnesia. A Will le había parecido cruel dejarla sola y había decidido esperar a que se recuperara y marcharse después.

Esa había sido la idea original. Pero la situación se estaba complicando. Por eso había llamado a Alex, para que le ayudara a aclararse.

–¿Se lo has dicho ya?

–No. Hablaremos cuando le den el alta. Casi nunca estamos solos en el hospital, y no quiero que sus padre se involucren.

–¿No ha vuelto a ser la arpía frígida que todos conocemos y amamos? –ironizó Alex.

Will negó con la cabeza. Una parte de él deseaba que lo fuera. Entonces podría irse sin sentirse culpable. Pero era una mujer distinta desde el accidente. Le estaba costando adaptarse a los cambios que veía en ella, y seguía esperando que empezara a ladrar órdenes o a criticar al personal del hospital. Pero no lo hacía nunca. A su pesar, Will cada vez disfrutaba más en sus visitas.

–Es como si hubiera sido abducida por los extraterrestres y reemplazada por otra.

–Tengo que admitir que fue muy agradable cuando la visité el otro día.

–Sí, lo sé. Cada vez que voy a verla, observo con incredulidad que pregunta a la gente qué tal está y da gracias a todos por visitarla y llevarle cosas. Es dulce, considerada, graciosa… no se parece nada a la mujer que se fue a Chicago.

–Sonríes cuando hablas de ella –Alex se inclinó hacia delante con el ceño fruncido–. Las cosas han cambiado de verdad. Te gusta –acusó.

–Sí. Es más agradable y me gusta estar con ella. Pero los médicos dicen que su amnesia probablemente sea temporal. Podría volver a la normalidad en cualquier momento. Me niego a invertir en la relación para acabar donde empecé.

–Probablemente temporal puede significar posiblemente permanente. Quizá se quede así.

–No importa –Will movió la cabeza. Típico de Alex animarlo a arriesgarse–. Puede que ella no recuerde lo que hizo, pero yo sí. No podré volver a confiar en ella, y eso significa que hemos acabado.

–O esta podría ser tu segunda oportunidad. Si realmente es una persona distinta, trátala como si lo fuera. No le tengas en cuenta un pasado que no recuerda. Podrías perderte algo fantástico.

Alex había dicho justo lo que Will temía pensar. Estar con Cynthia era como conocer a una mujer nueva. Pensaba en ella cuando tendría que concentrarse en el trabajo y casi corría a verla cuando salía de la oficina. Esa tarde había sentido un innegable cosquilleo cuando se habían tocado. No sabía si era por lo cerca que había estado de la muerte o por su cambio de personalidad, pero parte de él quería seguir el consejo de Alex.

Sin embargo, aunque no lo pareciera, la antigua Cynthia seguía estando dentro de ella. Esa mujer desagradable e infiel que había pisoteado sus sentimientos, resurgiría. Will había roto con ella y no iba a entregar su corazón, su libertad y más años de su vida a esa relación.

Los médicos decían que pronto podría volver a casa. Estaba seguro de que Pauline y George la querrían con ellos en la finca, pero Will iba a insistir en que volviera al ático que compartían para cuidarla, era lo natural. Estaría más cerca del médico y la ayudaría estar rodeada de sus cosas.

Si con eso recuperaba la memoria, se ahorraría tener que romper con ella una segunda vez.

«¿Le gustaría cambiar de asiento?».

Las palabras flotaron en su mente. Sus sueños mezclaban realidad y fantasía, y los calmantes para el dolor volvían todo aún más confuso.

«Me llamo Cynthia Dempsey».

Arrugó la frente Cynthia Dempsey. Deseaba que dejaran de llamarla así. Pero no sabía cómo quería que la llamaran. Si no era Cynthia Dempsey, ¿no tendría que saber quién era?

Lo sabía. Tenía el nombre en la punta de la lengua. El estallido de un motor y el fuego lo borraron de su mente. Luego siguió la horrible sensación de caída libre hacia el suelo.

–¡No!

Se incorporó de repente. Tenía el corazón desbocado y jadeaba. El monitor empezó a pitar y no tardó en llegar una enfermera del turno de noche.

–¿Cómo está, señorita Dempsey?

–Deje de llamarme así –espetó ella, demasiado adormilada para tener buenos modales.

–Bueno… Cynthia. ¿Estás bien?

Cuando encendió la luz de noche, vio que era su enfermera favorita, Gwen. Era una diminuta chica sureña con rizado pelo rubio platino y una actitud positiva respecto a la vida.

–Sí –se frotó los ojos con la mano buena. He tenido una pesadilla. Siento haber gruñido así.

–No te preocupes por eso –dijo Gwen con un fuerte acento sureño. Apagó la alarma y comprobó el suero–. Muchos pacientes de trauma tienen pesadillas. ¿Quieres que te dé algo para dormir?

–No. Estoy cansada de… de no sentirme como yo misma. Aunque empiezo a preguntarme si tiene algo que ver con la medicación.

–Sufriste un trauma muy fuerte –Gwen se sentó al borde de la cama y le dio una palmadita en la rodilla–. Es posible que nunca vuelvas a sentirte como antes. O que cuando ocurra, no lo sepas. Intenta disfrutar de cómo te sientes ahora.

Cynthia decidió aprovechar a la única persona con la que podía hablar de ese tema. Will no lo entendería. Y a Pauline le dolería. Su madre pasaba horas en el hospital, enseñándole fotos y contándole historias, buscando la llave que abriera su memoria. Decirle que no se sentía como ella misma sería un insulto a los esfuerzos de Pauline.

–Todo me parece erróneo. La gente. Su forma de tratarme. Es decir, mira esto –sacó la mano del cabestrillo para mostrarle el anillo de compromiso.

–Es precioso –dijo Gwen con educación, aunque sus ojos marrones se habían abierto como platos al ver el enorme diamante.

–Déjalo. Las dos sabemos que esto daría de comer a un país del tercer mundo un año entero.

–Probablemente –concedió la enfermera.

–Esto no cuadra conmigo. No me siento como una chica de barrio alto que fue a una escuela privada y siempre tuvo todo lo que quería. Me siento como un pez fuera del agua. Si esta es mi vida, ¿por qué me parece tan lejana? ¿Cómo puedo ser quien soy cuando no sé quién era?

–Cielo, esta conversación es muy profunda a las tres de la mañana. Pero te daré un consejo de pez de Tennessee en aguas de Manhattan: deja de preocuparte por quién eras y sé tu misma.

–¿Cómo hago eso?

–Para empezar, deja de luchar. Cuando salgas de esta habitación para iniciar tu nueva vida, acepta ser Cynthia Dempsey. Luego, haz lo que quieras. Si la nueva Cynthia prefiere un partido de béisbol a una sinfonía, está bien. Si ya no te gustan el caviar y el vino caro, cómete una hamburguesa y una cerveza. Solo tú sabes quién quieres ser ahora. No dejes que nadie cambie eso.

–Gracias, Gwen –se inclinó hacia ella y le dio un abrazo–. Me dan el alta mañana. Will me lleva de vuelta a nuestro ático. No sé qué me espera allí pero, si me apetece una cerveza y una hamburguesas, ¿puedo llamarte?

–Desde luego –Gwen sonrió y apuntó su teléfono en la libreta que Cynthia usaba para tomar notas–. Y no te preocupes. No puedo imaginarme un futuro malo si Will Taylor es parte de él.

Cynthia sonrió. ¡Ojalá Gwen tuviera razón!

Capítulo Dos

Will observó a Cynthia pasear por el piso como si estuviera en un museo. Tenía que reconocer que a él también se lo parecía, con tanto cristal, mármol y cuero. No era lo que él habría elegido, pero todo cumplía su función, así que le daba igual.

Ella examinó cada habitación, admirando los cuadros y acariciando los tejidos, aparentemente complacida. Él pensó que tendría que gustarle. Ella y su maldito decorador lo habían elegido todo.

Cynthia, condicionada por la rigidez de los músculos, se movía lentamente. Le habían cambiado la escayola del brazo por una férula para que pudiera quitársela para ducharse. Todas las vendas y puntos habían desaparecido y solo tenía algunas zonas del rostro y cuerpo descoloridas. Si no fuera por la leve cojera y la férula, nadie habría sabido por qué tipo de trauma había pasado.

Pauline había llevado a una peluquera al hospital para que la peinara antes de salir. Le habían cortado los trozos quemados por el fuego y la estilista convirtió el desastre en una melena corta y lisa que le caía hasta los hombros. Era un cambio que Will había admirado cuando lo vio. Un nuevo estilo para la nueva mujer de su vida.

Will se dio la vuelta y vio a Cynthia mirando la gigantesca foto de compromiso que colgaba en la pared del salón. Maldijo para sí. Había recorrido el piso recogiendo todas sus fotos, como le había pedido Pauline, pero se le había olvidado la más prominente. Por lo que él sabía, aún no había visto fotos de sí misma antes del accidente. Y, tras verla, suponía que no tardaría en telefonear al doctor Takashi y amenazarlo con una demanda. Él creía, personalmente, que el cirujano plástico había hecho un gran trabajo, aunque pareciera distinta.

Pero no ocurrió nada. Examinó la foto en silencio y siguió recorriendo el piso. El pitido del móvil lo distrajo un momento. Ella siguió explorando.

–¡Este baño es enorme! ¿Es mío?

–¿Tiene un jacuzzi empotrado en el suelo?

–No.

–Entonces, no. Es el de invitados. El nuestro está en el dormitorio principal –dijo él con una risita. Tres semanas antes del accidente ella se había quejado de que su cuarto de baño era demasiado pequeño. Él le había preguntado si quería dar una fiesta allí y ella se había enfadado.

Will volvió a colgarse el móvil del cinturón y fue en su busca. La encontró en el vestidor, con la mirada perdida. Empezó a pasar perchas una a una.

–Dior. Donna Karan. Kate Spade. Esta ropa… ¿es mía?

–Toda. Hace seis meses sacaste mis cosas de aquí para hacer sitio a tu colección de zapatos.

Ella se dio la vuelta hacia la pared de zapatos que

había a su espalda, como si no la hubiera visto antes. Abrió una caja de Christian Louboutin, se quitó los mocasines que llevaba puestos y se probó los zapatos de cuero negro y suela roja.

–Me quedan un poco grandes –dijo. Era raro.

–Bueno, si tus pies encogieron en el accidente, seguro que disfrutarás reemplazando todos estos zapatos por otros de tu talla.

Ella le lanzó una mirada incrédula. Se sentía algo inestable con los tacones de doce centímetros de altura, pero sonrió de oreja a oreja.

–Un refuerzo en el talón servirá. No desperdiciaría estos zapatos –volvió a mirar la ropa–. ¿Cómo es posible que reconozca a estos diseñadores y entienda su valor, pero mi madre sea una desconocida para mí?

Era una buena pregunta. Él no tenía ni idea de cómo funcionaba la amnesia. Sacudió la cabeza.

–Tal vez tu cerebro solo recuerda lo que tenía más importancia para ti.

Cynthia se volvió hacia él. La expresión maravillada se había borrado del todo.

–¿Prefería los zapatos a mi propia familia?

–No lo sé –Will se encogió de hombros–. No me hacías ese tipo de confidencias.

Ella se quitó los zapatos y los devolvió a su caja. Como si hubiera perdido todo interés por el vestidor, salió y desapareció por el pasillo.

Él fue en su busca y la encontró sentada en el sofá, mirando sin ver el horrible cuadro moderno que colgaba ante la mesa del comedor.

–¿Estás bien?

–Me siento como si todo el mundo anduviera de puntillas a mi alrededor. Como si hubiera un elefante en la habitación que todos ven menos yo. Si te hago algunas preguntas, ¿las contestarás? ¿Con sinceridad?

Él arrugó la frente, pero asintió y se sentó en el sofá, a su lado. Tenían que hablar.

–¿Tú y yo estamos enamorados?

–No –contestó. Ella era directa y él también lo sería. Endulzar la verdad no podía ayudar a nadie.

–Entonces, ¿por qué estamos comprometidos? –sus grandes ojos verdes parecían decepcionados.

–No lo estamos.

–Pero… –Cynthia miró el anillo.

–Estuvimos enamorados hace mucho tiempo –explicó Will–. Nuestras familias tenían amistad y salimos juntos en la universidad. Pedí tu mano hace dos años, después tú cambiaste y nos fuimos distanciando. Tu familia aún no lo sabe, pero rompí el compromiso justo antes de tu viaje.

–¿Por qué?

–Tenías una aventura. En realidad ya no teníamos una relación. Tu padre y yo queremos lanzar un proyecto muy lucrativo para ambas empresas. Él prefiere trabajar con la familia, así que seguí contigo, con la esperanza de que superásemos el bache. Cuando descubrí que tenías una aventura, no me quedó elección. Aunque el proyecto se fuera a pique, no habría boda. Te dije que me iría de aquí a finales de octubre. Los planes cambiaron después del accidente, claro.

–¿Vas a quedarte? –lo miró con ojos esperanzados que a él le atenazaron el corazón.

De alguna manera, parecía injusto castigarla por los pecados que parecían de otra persona.

–No. Me quedaré hasta que estés bien. Luego anunciaremos la ruptura y me iré, según el plan.

Cynthia asintió como si lo entendiera, pero él creyó ver el brillo de las lágrimas en sus ojos.

–Debo de haber sido una persona horrible. ¿Siempre fui así? No me habrías querido, ¿no?

–Me gustaba la mujer que eras cuando nos conocimos. Pero no la mujer en la que te convertiste después de la facultad.

Ella tragó saliva y bajó la mirada. Había pedido la verdad y la estaba oyendo, por dura que fuera.

–¿Era agradable con alguien?

–Con tu familia y tus amistades, en general. Y mimabas mucho a tu hermana menor. Pero tenías muy mal genio si alguien te irritaba.

–¿Ahora sigo siendo así?

–No. Eres muy distinta desde el accidente. Pero no sé cuánto durará. El médico dice que la amnesia es temporal y que cualquier cosa podría hacer que lo recordaras todo. En cualquier momento, la mujer que hay ante mí podría desaparecer.

–Y no quieres que eso ocurra, ¿verdad?

Miró el rostro de su prometida, tan familiar pero tan distinto. Sus ojos verdes lo miraban suplicantes, y vio en ellos motas doradas en las que nunca se había fijado. Deseó descubrir otros detalles que le hubieran pasado desapercibidos. Se preguntó si había estado enamorado de Cynthia o de la idea de ellos dos juntos. La chica más guapa e inteligente de Yale y el capitán del equipo de polo. Ambos de familias ricas. Eran la pareja ideal.

Sin embargo, en ese momento quería conocer a la mujer que tenía ante sí. Quería ayudarla a explorar el mundo y a descubrir quién era y quién quería ser. Habría sido piadoso decirle que le daba igual que recordara o no, pero prefirió ser honesto.

—No, no lo quiero.

—La verdad —dijo ella, pensativa—, me molesta que falte una parte de mí. Pero por lo que oigo, tal vez sea mejor así. No recordar y empezar de cero.

Eso había dicho Alex, que podría ser una segunda oportunidad. Will se preguntó si se atrevía a ofrecérsela. Ella lo había traicionado y abusado de su confianza. ¿Cambiaba algo el que no lo recordase? No estaba seguro.

—Siempre puedes elegir —repuso él.

—¿Qué quieres decir?

—Tu memoria puede volver en cualquier momento. Cuando ocurra, puedes elegir seguir siendo la persona que eres ahora, en vez de volver a ser la de antes. Puedes empezar de nuevo.

—Sé que no te gustaba como persona, pero ¿te atraía físicamente antes del accidente?

—Eras una mujer muy bella.

—No esquives la pregunta —dijo ella, mirándolo a los ojos. La irritación tiñó sus mejillas de rubor.

Se había transformado en una mujer emocional que se sonrojaba de ira y vergüenza, cuyos ojos se llenaban de lágrimas de confusión y tristeza. Era mucho mejor que la princesa de hielo de antaño. Will se preguntó cómo sería hacerle el amor.

–No lo hago. Eras muy bella. Todos los alumnos de Yale te deseaban, incluido yo.

–Esa foto del vestíbulo…

–¿Nuestro retrato de compromiso?

–Sí. Ahora no soy así. Dudo que vuelva a serlo –su rostro expresó una vulnerabilidad que Will no había visto antes. Cynthia nunca se mostraba débil.

En esta mujer había algo frágil que lo incitaba a confortarla. Nunca había sentido eso con Cynthia. Incapaz de resistirse, le deslizó el pulgar por la mejilla. La hinchazón casi había desaparecido.

–Antes eras como una estatua. Perfecta, pero fría –acarició la piel suave, color marfil–. Creo que las imperfecciones dan carácter. Eres mucho más bella ahora. Y por dentro también.

–Gracias por decir eso, aunque no sea verdad –Cynthia alzó la mano y la puso sobre la de él. Agarró sus dedos y llevó la mano a su regazo, sin soltarla–. No sé qué te hice, solo lo imagino. Lo siento. ¿Crees que podrás perdonarme alguna vez por lo que hice en el pasado?

Al ver que tenía los ojos llenos de lágrimas, se le encogió el corazón. La reconcomían los remordimientos por pecados que no recordaba. No le pedía que volviera a amarla ni que se quedara con ella. Solo suplicaba su perdón.

Verla así, pasar tiempo a su lado esas últimas semanas, lo había llevado a sentir cosas nuevas y distintas por ella. Sentimientos que podían acabar hiriéndolo y que rechazaba de plano. Pero tal vez sí podía ofrecerle su absolución. Para empezar.

–Quizás lo que ambos necesitamos sea empezar desde cero. Hacer borrón y cuenta nueva –dijo.

–¿Empezar de nuevo? –lo miró con sorpresa.

–Sí. Necesitamos dejar el pasado atrás y avanzar. Tú deja de preocuparte por lo que hiciste y por quién eras y céntrate en lo que quieres para el futuro. Y tal vez yo consiga dejar de castigarnos a ambos por cosas que no podemos cambiar.

–¿Qué significa eso para ti y para mí?

Era una buena pregunta. Él no estaba listo para contestar, pero al menos podía intentarlo.

–Significa que nosotros también empezamos de cero. En realidad no nos conocemos, no tenemos razones para confiar el uno en el otro, y menos aún para amarnos. Lo que ocurra entre nosotros, si ocurre algo, lo dirá el tiempo.

–¿Y esto? –ella alzó el anillo de compromiso.

–Sigue llevándolo de momento. Esto es asunto nuestro. No necesitamos opiniones de nadie, y menos de nuestras familias.

Cynthia asintió y una leve sonrisa le curvó los labios. Sus ojos se encendieron con el optimismo de nuevas oportunidades. Tras semanas de verla derrumbada, parecía brillar. Estaba bellísima. Tanto, que sintió el irrefrenable deseo de besarla.

Se inclinó y posó la boca en la suya. Fue poco más que un roce, una silenciosa confirmación de que todo iría bien, incluso si no seguían juntos.

Esa, al menos, había sido su idea. Pero todo su cuerpo reaccionó al contacto. Se dijo que era porque llevaba demasiado tiempo sin sexo, pero deseó tomar su rostro entre las manos y beber de su boca. No se atrevió. Por un lado, no estaba curada del todo y no quería hacerle daño. Por otro, era descender a un pozo del que no podría salir.

–Piensa en lo que quieres que sea tu vida. Y en lo que quieres que seamos juntos –susurró contra su boca. Después, se apartó antes de hacer algo de lo que podría arrepentirse.

Cynthia no se sentía bella. Le daba igual lo que dijera Will. El beso seguramente había sido por lástima, para que se sintiera mejor tras comprender que había sido una mujer bella y horrible que se había transformado en una mujer dulce y rota. Era obvio que él se sentía incómodo y cuando le sonó el móvil aprovechó la oportunidad para desaparecer en su despacho. Y la dejó sola para que volviera a acostumbrarse a su nuevo-antiguo hogar.

El problema era que no tenía sensación de hogar. Admiraba las líneas limpias y las telas, pero era un espacio demasiado frío y moderno para su gusto. No había ni un mueble que la incitara a ponerse cómoda. El sofá era firme, de cuero, y las sillas de madera o metal, nada mullidas. Tras curiosear un poco, fue al dormitorio a ver la televisión. La cama era enorme y cómoda.

Cuando se cansó de eso, decidió darse la primera ducha desde el accidente. Se desnudó y se quitó la férula plástica del brazo. Tras pasar media hora bajo los chorros de agua se sintió más humana y normal, pero la sensación se evaporó cuando se sentó ante el tocador.

Pauline, su... madre, le había impedido que se mirara al espejo durante semanas. Cynthia no sabía qué aspecto tendría que tener, pero no le hacía falta espejo para saber que había habido un cambio drástico, y no para mejor. La expresión de los que la conocían lo dejaba muy claro.

El día que el doctor Takashi le había quitado el último vendaje y le había ofrecido un espejo de mano, Cynthia no había querido mirarse porque no sabía qué se iba a encontrar. Su madre era una mujer atractiva, y su hermana, Emma, era una bonita adolescente, pero tal vez ella se parecía a su padre. George era un hombre imponente, pero no guapo. Tenía la nariz como el pico de un halcón y ojos pequeños y fríos.

Mirarse en el espejo esa primera vez había sido difícil, pero se había acostumbrado. Su imagen mejoraba día a día. Su madre le había llevado una caja llena de fotografías para recordarle a su familia y amigos, pero ella no aparecía en ninguna. Nadie le había enseñado una foto de cómo era antes del accidente.

Y al llegar al piso se había encontrado con el enorme retrato de compromiso. Ella llevaba el pelo largo y oscuro sobre un hombro, pendientes de zafiros y un vestido color azul real. Will lucía pantalones caqui y camisa azul claro. Estaban sentados juntos bajo un árbol.

La mujer de la foto tenía rasgos elegantes y delicados. Su piel era cremosa y tersa, los ojos verde vívido. Estaba tan bien maquillada que parecía no estarlo. Era perfecta.

Había creído que la inquietaría ver una foto suya,

pero había sido una experiencia vacía, como mirar la foto de una desconocida.

En ese momento, ante el espejo del tocador, no fue difícil comparar y catalogar las diferencias. Los pómulos altos y la nariz delicada habían sufrido el impacto del accidente. El tiempo diría si las placas e implantes utilizados por el doctor Takashi le devolverían esos rasgos.

Solo los ojos y la sonrisa le recordaban al retrato. Sonrió y admiró los dientes implantados. Eran como los de la foto, pero seguía sintiéndose rara cuando intentaba comer o hablar. Y la expresión de sus ojos era distinta, menos segura.

Con un suspiro, Cynthia empezó a extenderse por el cuello y el rostro la crema que le habían dado en el hospital. Se suponía que mejoraba y aceleraba el proceso de cicatrización.

Aunque no volviera a ser la del retrato, Cynthia quería sentirse bien en su propia piel, y no era el caso. La crema no arreglaría eso.

—Apuesto a que has disfrutado de la ducha después de tantos baños de esponja.

Cynthia volvió la cabeza y vio a Will apoyado el umbral, con las manos en los bolsillos.

Avergonzada, alzó y aseguró la toalla que llevaba anudada al pecho. Se sentía atraída por él, pero la incomodaba estar casi desnuda. Aunque se hubieran visto desnudos cientos de veces, no lo recordaba. Era un desconocido.

—Disculpa. Supongo que te sientes incómoda —él dio un paso atrás—. No lo había pensado. Me iré.

–No, no te vayas –no quería estar sola. Llevaba toda la tarde paseando por el piso, confusa y triste, esperando que algo le reactivara la memoria.

–Volveré enseguida –dijo él, alzando un dedo. Regresó un momento después con un esponjoso albornoz de chenilla color azul hielo–. Era tu favorito. Te lo ponías por la noche para leer en el sofá bebiendo una copa de vino.

Cynthia se levantó, sin soltar la toalla, y dejó que se lo pusiera sobre los hombros. Metió los brazos en las mangas, ató el cinturón y dejó caer la toalla.

No podía imaginar nada mejor que estar recién duchada y envuelta en suavidad y calidez. Al menos hasta que sus dedos rozaron los de él y un cosquilleo la recorrió de arriba abajo. Dejó escapar un gemido y apartó los dedos.

–Es una maravilla –murmuró–. Gracias.

Él asintió y dio un paso atrás, sin dejar de escrutarla. Ella deseó poder entender qué significaba su intensa mirada, no sabía si deseo, enfado o curiosidad.

–¿Tienes hambre?

–Sí –admitió. Por lo visto, había confundido una mirada de hambre con una de lujuria.

–Vale –sonrió–. Iré a por algo. Hay una restaurante tailandés cerca.

Will asintió y salió de la habitación. Poco después, se oyó la puerta cerrarse.

Ella se desenredó el pelo y fue al armario en busca de algo cómodo. En la parte de atrás había ropa una talla más grande. Miraba unas mallas elásticas cuando sonó el teléfono.

Pensando que sería Will, fue al dormitorio para contestar la llamada.

—¿Hola?

—¿Cynthia? —susurró una voz de hombre, más grave que la de Will.

—Sí, soy Cynthia. ¿Quién llama?

—Nena, soy Nigel.

Nigel, el nombre no le decía nada, pero la había llamado «nena», y eso no le gustaba nada.

—Disculpe. No le recuerdo. He tenido un accidente y me han diagnosticado amnesia.

—¿Amnesia? Dios, Cynthia. Tengo que verte. Llevo semanas muerto de preocupación. Tu móvil está desconectado. No pude verte en el hospital. Solo sé lo que leí en los periódicos, y no es mucho. ¿Podemos vernos mañana, cuando Will esté en el trabajo?

A Cynthia se le encogió el estómago. Parecía obvio que Nigel era su amante. Recordó lo que había dicho Will: «Siempre puedes elegir».

El pasado era el pasado. Will le había ofrecido una hoja en blanco y, tal vez, un futuro juntos. Estaba dispuesta a intentarlo. Quería que Will se quedara. El hombre que había al teléfono podía arruinarlo todo.

—No, lo siento.

—Nena, espera. Tomaré el primer tren desde el Bronx y tomaremos café juntos.

—No. Por favor, no vuelva a llamar. Adiós —colgó el teléfono. Unos segundos después volvió a sonar y vio en la pantalla que era el mismo número. No contestó.

Tomó aire y volvió al armario para vestirse para su primera cena con Will.

Capítulo Tres

Will miraba, sin ver, la pantalla de su ordenador portátil. Después de cenar había ido al su despacho a trabajar, como solía hacer. Un periódico no se imprimía solo y, dado que pasaba gran parte del día en reuniones improductivas, pero necesarias, era la única hora en la que podía revisar el correo electrónico y trabajar en serio. Esos últimos años, la oficina y el trabajo se habían convertido en su refugio de una relación fallida.

Sin embargo, esa noche no podía concentrarse en el trabajo. No dejaba de pensar en Cynthia.

La había observado recorrer el piso a través de las puertas acristaladas que separaban su despacho del salón. Había ido a comprar la cena pensando que las cosas iban bien entre ellos. Más que bien, si tenía en cuenta que ver su piel húmeda tras la ducha le había provocado una inmediata y potente reacción física. Por fortuna, el paseo al restaurante había hecho la función de ducha fría, y todo estaba bajo control cuando volvió a casa.

Habían cenado en el comedor, hablando de cosas varias, pero la había notado nerviosa. Cuando sonó el teléfono se había levantado de un salto, como si le fuera la vida en ello. Era Pauline, y madre e hija habían charlado un rato mientras él recogía la mesa e iba a recluirse en su despacho.

Will se preguntaba si había captado su atracción por ella y eso la incomodaba. Había mencionado la posibilidad de un futuro juntos, aunque no le convencía la idea. Pero su cerebro y su cuerpo parecían seguir caminos distintos.

No lo sorprendió que ella fuera a acostarse temprano, era su primer día fuera del hospital y era lógico que estuviera agotada. Además del reto físico, había recibido mucha información sobre su pasado que resultaría difícil de procesar.

Dado que parecía nerviosa en su presencia, decidió dormir en la habitación de invitados.

Will apagó el ordenador a medianoche. Se levantaba a las seis, pero estaba acostumbrado a dormir poco. Ya dormiría cuando se jubilara.

Ya estaba vestido y tomando café cuando Cynthia entró en la cocina la mañana siguiente. Llevaba un pijama de seda azul marino bajo la bata, y el pelo recogido en una coleta. Tenía los ojos adormilados y marcas de las sábanas en el rostro. La mujer que conocía no habría permitido que nadie la viera así, ni siquiera él. Siempre salía del dormitorio peinada y maquillada. Will disimuló su sorpresa tomando un trago de café. Le costaba acostumbrarse a la nueva Cynthia.

–Buenos días –dijo ella, frotándose los ojos.

–Buenos –contestó él, levantándose para rellenar su taza–. ¿Quieres café?

–No –arrugó la nariz–. Lo probé en el hospital y no me gustó.

Will volvió a la mesa y empujó hacia ella un plato con dos tostadas de pan integral.

–En el armario hay té y cacao, si te interesa.

Cynthia se sentó y tomó una tostada del plato. Parecía más relajada que la noche anterior. Will, aliviado, pensó que tal vez pasar algo de tiempo en el piso a solas la ayudaría a adaptarse.

–Odio irme cuando acabas de levantarte, pero tengo trabajo. Intentaré no quedarme hasta tarde.

–Trabajas mucho –comentó ella.

–Hago lo que tengo que hacer –Will se encogió de hombros, se levantó y llevó la taza al fregadero–. La asistenta vendrá sobre las doce, así que no estarás sola. Preparará la cena para que no tengamos que salir. Creo que hoy toca estofado.

–Vale –asintió ella, arrugando la frente.

–¿Qué pasa?

–Se me hace raro que alguien guise y limpie para mí. No sé por qué, pero me extraña.

–Estoy seguro de que te acostumbrarás al lujo rápidamente, sobre todo cuando pruebes las berenjenas a la parmesana de Anita. Es una joya en la cocina. Si necesitas algo, llámame al móvil –se puso la chaqueta–. He puesto una lista de teléfonos en la nevera, incluidos los de tu familia y amigos.

–Gracias –dijo ella, levantándose para acompañarlo a la puerta.

–Hasta esta noche –se inclinó para darle un beso de despedida. Pero vio que los ojos se le agrandaban y que se ponía tensa. Recordando su reacción al beso del día anterior, pensó que era mala idea, así que se detuvo, hizo un ademán con la mano y salió al vestíbulo.

Mientras bajaba en el ascensor, Will movió la cabeza. Ella lo estaba absorbiendo como arenas movedizas. Cuanto más forcejeara, más se hundiría.

Cynthia se quedó mirando la puerta, más confusa que nunca. Se le había acelerado el corazón cuando pensó que iba a besarla. El beso de la noche anterior había tenido el efecto de hacerle desear más. Sabía que era demasiado pronto para un romance y que los besos lo complicarían todo.

Pero no podía dejar de fantasear con cómo serían esos besos. Le bastaba con oler su colonia especiada para que se le disparara el pulso. Por suerte, ya no estaba conectada a monitores que delatarían la atracción que sentía por él.

Sacudió la cabeza y volvió al dormitorio para vestirse. Optó por unos pantalones caqui; una blusa de manga larga, color rosa; y mocasines.

Volvió a la cocina y puso agua hervir para hacer té. Untó una tostada con mermelada de frambuesa y, tras servirse un té, fue a explorar su despacho privado.

Tras la llamada de Nigel, temía lo que podía encontrar. Quería enfrentarse al pasado y ponerle fin. Se sentó ante la mesa de cristal y cromo, en la que había un hueco vacío que había ocupado su portátil, destrozado en el accidente. Alrededor había revistas y carpetas ordenadas y apiladas. Deseó revolver algo. Todo era demasiado perfecto.

Frente a la mesa había un sofá de cuero rojo y una mesita de café de cromo y cristal. En las paredes colgaban varios pósteres publicitarios y anuncios de revistas enmarcados. Suponía que eran campañas diseñadas por ella. Su familia le había dicho que era socia de una exitosa agencia publicitaria de Madison Avenue.

La intranquilizó comprobar que no recordaba ni las imágenes ni las estrategias de marketing que las habían inspirado. Solo se le ocurrió que le gustaba el vestido que lucía una de las modelos.

Sin recuerdos, iba a necesitar una nueva carrera, y rápido. Sobre todo si Will se iba como había planeado inicialmente; y si le había hecho tanto daño como decía, no podía culparlo por ello. Hablar con Nigel le había demostrado que quería intentarlo con Will. Quería que se quedara y no solo por una cuestión financiera.

Sin embargo, saber que él tenía un pie en la puerta le dificultaba invertir mucho en la relación. Esa vez podía ser ella quien saliera herida.

Empezó a hojear documentos sobre campañas y clientes, en parte por curiosidad, en parte con la esperanza de recordar algo. Pero ni siquiera entendía el lenguaje publicitario, así que lo dejó.

Abrió un cajón de la mesa. En la parte delantera había material de oficina, en la parte de atrás un montón de sobres. Cynthia los sacó y comprobó que estaban dirigidos a ella. Algunos matasellos eran de hacía casi un año.

Seleccionó el más antiguo, sacó la hoja y empezó a leerla. Era una carta de amor de Nigel, manuscrita, en la que le explicaba que el correo electrónico le parecía frío e impersonal y prefería escribirle en papel. Supuso que había guardado las cartas por su valor sentimental.

Cynthia suspiró. Sabía que había tenido una aventura, pero la desconcertaba enfrentarse a la evidencia. Descubrió que él era un artista que intentaba salir adelante, al que había conocido en una galería de arte. Después, habían quedado para comer, pasado fines de semana juntos alegando viajes de negocios y aprovechado las largas horas de trabajo de Will viéndose incluso en el piso.

Las cartas eran más románticas de lo que había esperado. No sabía lo que le contestaba ella, pero parecían enamorados. La historia no encajaba con lo que le decían de sí misma. ¿Cómo se enamoraba una rica chica de alta sociedad de un artista pobre del Bronx? ¿Habría estado utilizando a Nigel, o le daba vergüenza estar con él en público? Su familia no aprobaría la relación. Se preguntó si pretendía obtener los mejor de ambos mundos siendo amante de Nigel y casándose con Will.

Cynthia sintió náuseas. Ya no quería recordar la verdad de su vida pasada, quería erradicarla.

Puso las cartas en un montón y siguió buscando. Todo registro digital de su relación había desaparecido con su móvil y su portátil, en el accidente. Cuando reemplazara el equipo, purgaría cualquier cosa que pudiera quedar en sus cuentas, y pediría un nuevo número de móvil, desconocido para Nigel. En el archivador encontró una carpeta con tarjetas de San Valentín y de cumpleaños, ninguna de Will. Las añadió al montón, junto con fotos de Cynthia con un hombre rubio al que no reconocía. Parecían muy acaramelados, así que decidió librarse de ellas.

Para cuando llegó Anita, Cynthia tenía un buen montón de cosas que destruir. Salió a saludar a la mujer, rellenita y con el pelo canoso, que ya estaba limpiando el polvo en la sala de estar.

–Señorita Dempsey –la mujer sonrió, aunque no con mucha calidez–. Me alegro de verla de vuelta en casa. Intentaré no molestarla.

–Por favor, llámeme Cynthia –dijo ella. Por lo visto a ella tampoco le había caído bien–. Y no me molesta, me alegro de tener a alguien aquí. Si puedo ayudar en algo, dígamelo. Me incomoda estar sentada mientras trabaja.

–Gracias, señorita Dempsey –Anita intentó disimular su sorpresa, sin éxito–. ¿Necesita algo?

–Tengo fresco. Me gustaría acurrucarme en el sofá con un libro. ¿Sería posible encender la chimenea? –preguntó. El fuego era la mejor manera de librarse de lo que no quería.

Ese sábado hizo un día muy agradable. La temperatura rondaba los veinte grados. Will había empezado la mañana trabajando en su despacho, pero se sintió culpable al ver a Cynthia recorrer el apartamento sin rumbo.

Antes del accidente había adquirido el hábito de centrarse en el trabajo para evitarla pero, por primera vez en meses, tenía ganas de pasar más tiempo con ella. Lo atraía demasiado.

Cerró el ordenador y salió del despacho. La encontró en el sofá, con una novela romántica en las manos.

–¿Qué lees? –preguntó.

–Un libro que compré ayer en la tienda de la esquina. Lo estoy disfrutando un montón.

Will asintió, intentando ocultar su sorpresa. Sabía que Cynthia se preocupaba cuando se daba cuenta de que estaba haciendo algo inusual. Él prefería que no se diera cuenta de las diferencias; la nueva Cynthia le gustaba más que la de antes.

–Hace muy buen día. ¿Te apetece salir a dar una vuelta por el parque? –Will se sintió aún más culpable al ver que el rostro de ella se iluminaba como el de una niña ante un helado.

–¿Tengo que cambiarme? –preguntó Cynthia.

Will no se había fijado en lo que llevaba puesto. Otra sorpresa: vaqueros oscuros y ajustados, botines grises y un suave suéter gris que le caía por debajo de las caderas. Encima se había puesto un cinturón rosa fuerte y llevaba unas anchas pulseras a juego en el brazo bueno.

–Caramba, rosa –comentó él.

–He decidido que el rosa es mi color favorito –dijo ella, acariciando el cinturón–. ¿Te gusta?

Cynthia había comprado ese cinturón solo para ponérselo para una fiesta benéfica, estilo años ochenta, pero de repente parecía encantarle. Era obvio que disfrutaba combinando prendas. Llevaba el pelo suelto y ondulado y tenía el rostro sin maquillar. Estaba preciosa.

–Estás bien así. ¿Podrás andar con esas botas?

–Creo que sí –se puso de pie y dio unos pasos–. Son muy cómodas y estoy mucho más fuerte gracias a mis paseos diarios.

Will agarró una chaqueta ligera del armario y salieron. Bajaron en ascensor al vestíbulo y saludaron al portero, que les abrió la puerta.

No tardaron en llegar a Central Park y estar rodeados por un bosque de rojos, naranjas y dorados otoñales. El otoño en Manhattan siempre había sido la época favorita de Will.

–Me encanta el otoño –dijo Cynthia–. Creo que podría ser mi época favorita del año. Pero como no recuerdo mucho de las otras tres estaciones, me reservaré el juicio de momento.

Will sonrió y sacó el móvil, que había pitado varias veces desde que habían salido de casa. Empezó a revisar los mensajes, pero no tardó en sentir que Cynthia le tiraba del brazo.

–Vamos a ver si me gustan los perritos calientes –dijo, señalando un puestos.

Will cerró el móvil. Su entusiasmo por algo tan simple como un puesto de perritos era contagioso, así que decidió acompañarla.

Pidieron dos refrescos y dos perritos. Él con *chucrut* y mostaza, ella con *ketchup*, mostaza y pepinillos agridulces. Buscaron un banco y se sentaron a disfrutar de su almuerzo.

Se había comido la mitad del suyo cuando miró a

Cynthia y vio que ella ya había acabado y se limpiaba la esquina de la boca.

–¿Quieres otro? –le ofreció.

–No –sacudió la cabeza y tomó un sorbo de refresco–. Era la cantidad justa. Hay un millón de cosas que tengo que probar para saber si me gustan. Engordaré cinco kilos si no tengo cuidado.

Will observó que su expresión se volvía sombría y pensativa. En silencio, acabó su perrito.

–¿En qué piensas? –preguntó, por fin.

–Pienso en el lío en el que estoy metida –Cynthia suspiró–. Dentro de unas semanas podrías haberte ido. No creo que pueda volver a mi antiguo trabajo si no recupero la memoria. Hasta hace unos minutos ni siquiera sabía si me gustaban los perritos calientes. ¿Qué voy a hacer?

Él también se lo había planteado mientras ella estaba en el hospital. Era una suerte que no tuviera que preocuparse por su situación financiera.

–Aunque no lo recuerdes, tienes un fondo de inversiones saneado y una buena cartera de acciones. Puedes vivir bien durante mucho tiempo.

–Me volvería loca en ese piso sin hacer nada. Sobre todo si estoy allí sola.

Will notó cómo lo miraba al decirlo. No quería que él se fuera. Y él tampoco quería irse. Cynthia necesitaba sentirse segura en su situación; entonces él sabría si quería que se quedara por las razones adecuadas.

–He hablado con tu jefe, Ed. Entiende las circunstancias y cuando estés bien podrás volver, si quieres. También podrías trabajar para tu padre.

–¿Haciendo qué? No entiendo esas cosas técnicas. No quiero cobrar un sueldo por pasar el rato haciendo solitarios en Corporación Dempsey solo porque soy la hija del jefe.

–Te puedes permitir el lujo de intentar algo nuevo –dijo él, admirándola por no aceptar lo fácil–. Tienes todo un mundo de oportunidades. ¿Hay algo que te interese?

–La ropa –contestó ella tras pensarlo un momento–. La ropa es lo único que me ha llamado la atención. Combinar prendas, la línea de una chaqueta o la textura de un tejido. Pero no sé qué podría hacer por ahí.

–¿Te gustaría intentar diseñar ropa? ¿O ser estilista de moda?

–¿Crees que diseñar ropa es una opción? –Cynthia abrió de par en par los ojos verdes–. Es muy interesante, pero tal vez no se me dé bien.

–Compraremos papel y lápices de colores, a ver qué se te ocurre. No tienes por qué ser el siguiente Versace, pero puedes probar y divertirte.

Ella esbozó una amplia sonrisa y le echó los brazos al cuello. A él lo sorprendió el abrazo, pero no se apartó. La atrajo hacia sí y captó su aroma, una mezcla de champú floral, perfume y piel caliente. Su cuerpo reaccionó excitándose.

La mujer con la que se había comprometido le había traicionado, pero la que tenía ante él era una mujer diferente. Lo intrigaba y excitaba más que nadie en su vida. No tenía por qué ser malo seguir con ella un tiempo, siempre y cuando acorazase su corazón para evitar el desastre. Si las cosas iban mal, o ella recuperaba la memoria, se iría. Y si la relación duraba lo suficiente como para satisfacer a George Dempsey, su empresa se beneficiaría mucho. Nada que perder y mucho que ganar.

Cynthia se apartó un poco y echó la cabeza hacia atrás para mirarlo. Parecía muy emocionada por la idea del diseño, pero su expresión cambió cuando lo miró a los ojos. A juzgar por su jadeo y por cómo entreabrió los labios, ella parecía sentir la misma atracción que él. Quería que la besara.

Y él quería hacerlo. Quería saber cómo lo tocaría. Qué sonidos emitiría. Cómo se sentiría en sus brazos. Así que, dejando que la curiosidad y el cuerpo ganaran la partida, se inclinó hacia ella y capturó sus labios. La conexión fue inmediata. Un escalofrío le recorrió la espalda y la atrajo más. No era un beso de prueba, era un beso muy real.

Sus lenguas se encontraron y él se perdió en inesperadas sensaciones de seda y miel. Ella gimió contra su boca, un sonido suave y femenino que le provocó una reacción intensa y primaria. Nunca se había sentido tan excitado por un beso.

Todo en ella, desde el contacto de su mano al cosquilleo de sus pestañas en su mejilla le hacía bullir la sangre. Notaba inocencia y dulzura; ella se rendía a sus deseos y lo urgía hacer lo mismo. Le costó un gran esfuerzo no alzarla en brazos, llevarla de vuelta a casa y reclamarla como suya.

Interrumpió el beso, pero no la soltó; se quedaron quietos y juntos. Will pensaba que no podía ceder el control a su entrepierna, tenía que actuar con cabeza, o lo estropearía todo.

La melodía de su móvil interrumpió el trance. Cynthia se estiró la ropa, él miró la pantalla y tras disculparse, contestó la llamada.

–Vamos a comprarte ese material de dibujo –sugirió él, tras concluir la llamada.

Tiraron las servilletas y las latas vacías en una papelera cercana y salieron del parque.

Mientras caminaban, sintió que los dedos de Cynthia buscaban los suyos. Él no recordaba haber caminado de la mano de una chica desde los tiempos del instituto pero, tras un leve titubeo, capturó la pequeña mano encantado por el detalle.

Cada paso que daba incrementaba su atracción por la fascinante mujer a la que se negaba a amar.

Capítulo Cuatro

–Me alegra mucho que me hayas llamado, Cynthia. Me preguntaba cómo te estabas adaptando a la vida real –dijo la enfermera Gwen.

–Por suerte, he conseguido evitar a mucha gente. Supongo que como estuve tan mal, quieren esperar el mayor tiempo posible antes de verme. Dudo que dure mucho más. Mi madre está organizando una gran fiesta para celebrar mi recuperación. Ayer incluso habló de contratar una orquesta. Me parece todo tan excesivo.

–La gente de tu vida se preocupa por ti, a pesar de lo rara que es la situación. Cuanto antes conozcan a la nueva tú, antes se adaptarán. ¿Estás pensando en volver al trabajo?

–No lo creo.

–A veces, volver a la rutina anterior ayuda.

–Puede, pero lo veo imposible. Si fuera cirujana, ¿querrías que volviera al trabajo y te operara confiando en que recuperaría mis conocimientos médicos por arte de magia?

–Supongo que no –Gwen arrugó la nariz.

–Me dedicaba a la publicidad, que no es como ser neurocirujano, pero no recuerdo nada de nada. Además, tampoco me interesa el tema.

–¿Y qué vas a hacer? ¿Convertirte en una de esas esposas que organizan eventos benéficos?

–Oh, no –gruñó–. Estoy probando otra cosa.

–Cuéntame –urgió Gwen.

Cynthia pensó en las hojas y hojas de diseños de prendas que había hecho durante el fin de semana. Al principio habían sido malos, y al menos veinte hojas habían acabado en la papelera. Pero no habían tardado en mejorar. Cuando dejó de lado sus inhibiciones, las ideas empezaron a fluir. Las mezclas de color funcionaban y las prendas combinaban de maravilla. Estaba deseando verlas saltar de la hoja a la percha, pero ese era otro obstáculo que salvar. Tal vez fuera buena dibujante y una modista terrible.

–Intento diseñar ropa. Aún son solo bocetos, pero seguí tu consejo y me estoy dejando guiar por mis instintos. Por lo que me pide el corazón.

–¿Diseño de moda? ¡Vaya! ¿Disfrutas con eso?

–Muchísimo –sonrió–. Dibujo y dibujo, y cuando Will viene a buscarme me asombra descubrir que llevo horas en ello.

–Parece que has encontrado una buena opción.

–Creo que sí. Estoy pensando en comprar una máquina de coser y hacer algunas de las prendas.

–Deberías abrir una boutique y participar en la Semana de la Moda –la animó Gwen.

–No te adelantes –Cynthia se rio–. Primero tengo que aprender a enhebrar una aguja. Después, si el resultado no es horrible, veré cómo seguir.

–Eso es progreso en la dirección correcta. Estás creando tu nueva vida. Me parece fantástico.

A Cynthia le gustó oír eso. Tenía el apoyo de Will, pero a veces se preguntaba si se sentía obligado a animarla. Su madre había simulado interés en el almuerzo, pero era obvio que habría preferido que se conformara con el papel de «dama de sociedad», o que trabajara para la empresa familiar. El apoyo de Gwen la inspiraba.

—Y a mí. Ojala lo demás fuera igual de bien.

—¿A qué te refieres? —preguntó Gwen.

—Will y yo, por ejemplo —Cynthia suspiró. Él le enviaba mensajes contradictorios. Había pasado de darle consejos para cuando él se fuera, a besarla en un banco del parque. Pero incluso entonces había percibido su empeño de mantener un pie en la puerta para huir si hacía falta. No era buena señal—. No sé cómo va lo nuestro. Parece distante.

Cynthia sabía que tenía que mantener en secreto la ruptura del compromiso y lo de Nigel, que había empezado a telefonear cuando Will se iba a trabajar. Se había planteado decírselo a Will, pero sería remover un pasado que habían decidido dejar atrás. Antes o después, se cansaría de llamar.

—Tal vez no sepa cómo actuar. Habéis estado mucho tiempo juntos y ahora eres una persona nueva. Los cambios, sean buenos o malos, requerirán una adaptación.

Cynthia miró la media hamburguesa y las patatas que quedaban en su plato, que había comprobado que le gustaban. Gwen tenía razón. La situación tenía que ser tan difícil para Will como para ella. Cuando se besaban en el parque había percibido su batalla interior: una parte de él la deseaba y otra intentaba mantener la distancia. No sabía cuál de ellas había ganado.

—¿Ha habido algo entre vosotros desde que volviste a casa?

—Solo un beso —replicó ella, sonrojándose como una colegiala. Dada su amnesia, había sido igual que un primer beso para ella.

—Un beso ya es algo. Si no le gustaras, no te habría besado.

—Pero no ha ocurrido nada desde entonces.

—No me inquietaría por eso —Gwen encogió los hombros—. Tal vez lo preocupa tu recuperación, o su empresa. ¿Tú quieres que ocurra algo?

—¿Qué quieres decir? —Cynthia arrugó la frente.

—Es como si hubieras heredado a Will. Técnicamente, elegiste estar con él muchos años, pero para la nueva tú es un desconocido. Si te encontraras con Will en la calle, ¿te atraería?

Cynthia intentó imaginarse la escena. Por ejemplo, se le caía algo y él se lo recogía. El Will de su mente sonreía y, de inmediato, sus ojos azul grisáceo, su aura, su fuerza, su paso seguro, su forma de moverse, la hechizaban.

Se removió en el asiento. No recordaba el pasado, pero su gusto en cuanto a hombres no había cambiado con el accidente: era indudable que Will la atraía.

La cuestión era si podía permitirse quererlo. Él le había dicho que se lo pensara y ella había decidido que quería una segunda oportunidad, pero no se fiaba de sí misma. No se conocía y no quería volver a hacer daño a Will. Por eso, tal vez habría sido mejor dejar la relación, pero le costaba.

–Creo que sería difícil resistirse a él –concedió.

–Entonces, ¿por qué lo haces? Tienes a uno de los hombres más apetecibles de Manhattan. Independientemente del pasado, no veo razón para que no disfrutes de la relación.

A Cynthia se le ocurrían una docena de razones para no estar con Will y solo una para estarlo. Por desgracia, esa razón podía al sentido común.

Lo deseaba. Mucho.

E iba a hacer todo lo posible para crear una nueva relación y seguir con él.

George Dempsey estaba sentado frente a Will ante la mesa de caoba de la sala de reuniones, cubierta de papeles. Los abogados habían preparado la documentación para el acuerdo de colaboración sobre el lector de libros digital. Pero Will percibía que no avanzarían mucho.

–Estoy preocupado por Cynthia –dijo su futuro suegro, mirando un contrato sin enfocar los ojos.

–Los médicos dicen que está cicatrizando bien.

–No me preocupa su cara –gruño George, dejando caer el contrato–. Me preocupa su cabeza. Pauline dice que no va a volver a la agencia publicitaria y que tampoco quiere trabajar para mí.

–No la apasiona la electrónica. Si antes no le gustaba, ¿por qué iba a cambiar de opinión?

–Tal vez porque todo lo demás ha cambiado. Se

pasa el día dibujando vestidos. Tengo la sensación de no conocer a mi propia hija.

–Es justo. Ella tampoco te conoce a ti.

–No te lo tomes a la ligera –dijo George, irritado–. Me preocupa su salud emocional. Y, la verdad, me preocupa esta boda.

En la cabeza de Will sonaron campanas de alarma. Solo Cynthia, Alex y él sabían lo de la ruptura. Aunque se planteaban volver a intentarlo, nada estaba escrito. El beso en el parque había sido fantástico pero, como lo preocupaba ir demasiado rápido y quemarse en el intento, había decidido recular y distanciarse esos últimos días. Le había comprado un regalo para que se lo llevaran a casa y pensaba llevarla a cenar esa noche, pero no podía predecir el futuro. George no firmaría ningún contrato si creía que la relación peligraba.

–Tal vez una boda en mayo sea precipitado. Puede que ella necesite más tiempo para adaptarse.

–¿Y tú? –George se inclinó y clavó en Will su mirada acerada–. ¿Acaso te lo estás pensando?

–¿Por qué lo dices?

–No parecéis la misma parejita feliz que no dejaba de tocarse. Ya noté distanciamiento antes del accidente. No me gustaría creer que eres tan bastardo como para abandonarla ahora, pero la gente no deja de sorprenderme.

–No tengo intención de dejar a Cynthia en su estado. Lo que ocurra después es impredecible. Toda relación puede fracasar en un momento dado.

–Sabes que prefiero hacer negocios con la familia,

que no te apuñala por la espalda para complacer a los accionistas –George arqueó una ceja–. Si tienes dudas, más te vale decírmelo antes de que firme esto –Gwen tocó unos documentos.

–Es un buen acuerdo que beneficia a ambas empresas. El *Observer* también es un negocio familiar con sesenta años de inversión. Entiendo tus reservas, pero te aseguro que, con o sin boda, nos interesa el éxito de Corporación Dempsey.

–Más os vale –el viejo halcón escrutó su rostro y pareció creerlo–. Pero te diré una cosa más.

–¿Sí?

–Conozco a mucha gente en esta ciudad. Negocios aparte, si le haces daño a mi hijita, haré cuanto esté en mi mano para aplastaros a ti y a este periódico como si fuerais insectos.

Will tragó saliva y asintió. Hasta entonces solo lo había preocupado que pudiera herirlo Cynthia.

Cuando Cynthia regresó de su comida con Gwen, el portero la llamó.

–¿Señorita Dempsey?

–Buenas tardes, Calvin –dijo ella, yendo hacia el mostrador–. ¿Cómo está hoy?

–Muy bien, señorita –Calvin sonrió con una sinceridad que no había tenido los primeros días–. Han traído un paquete para usted. Pesa bastante. ¿Quiere que haga que se lo suban?

–Eso sería fantástico, gracias.

Subió al piso y poco minutos después llamaron a la

puerta. Era Ronald, otro de los conserjes del edificio, con una gran caja blanca.

–Póngala en la mesa de la cocina, por favor.

Roland se marchó y ella fue a por unas tijeras para cortar la cinta adhesiva. Dentro de la caja había una preciosa máquina de coser de alta gama. Pesaba tanto que no pudo sacarla de la caja y la admiró desde arriba. Sacó el manual de instrucciones para leerlo. Estaba acabándolo cuando oyó la puerta. Se levantó de un salto y corrió a recibir a Will.

–Veo que ha llegado –dijo él, al ver su expresión de entusiasmo.

–¡Sí! –exclamó ella–. Es una maravilla.

–La encargué esta mañana. Me aseguraron que era la mejor del mercado y que la entregarían hoy.

Sin dudarlo, ella lo abrazó con fuerza y lo besó. Solo había pretendido darle las gracias, pero cuando sus labios se encontraron ese plan se fue al traste. Will le rodeó la cintura con los brazos y la atrajo. Había estado tan distante desde el beso que ella había creído que no lo atraía, pero su lengua y sus dedos la convencieron de que no era el caso.

–Gracias –dijo. Sabía que estaba roja como una remolacha, pero Will no lo comentó.

–De nada –sonrió con ironía–. Si hubiera sabido que reaccionarías así, la habría comprado hace dos años. O al menos la semana pasada.

–He… he estado leyendo cómo se usa –farfulló Cynthia, aún en sus brazos.

–¿Ya estás estudiando? –preguntó él, soltándola y dando unos pasos hacia atrás.

–Sí. Creo que puedo tenerla en marcha mañana –dijo ella–. ¿Te importaría ir de expedición? Quiero comprar tela, hilo y botones.

–Me parece bien –Will se quitó la chaqueta–. Había pensado llevarte a cenar, podemos pasar por la tienda de camino. Espera que me cambie.

Pocos minutos después, subían a un taxi para ir al distrito textil. Cuando llegaron a Mood, la meca del tejido de alta costura, ella entró y Will se quedó en la puerta, haciendo negocios por teléfono.

Se reunió con él media hora después, triunfal, con una enorme bolsa negra. El maniquí se lo llevarían a casa al día siguiente. Una de las empleadas la había ayudado a elegir todo lo básico y le había explicado cómo utilizarlo. Cynthia no había sentido una energía igual desde que despertó tras el accidente. El destino había cerrado la puerta del pasado, pero le había abierto una ventana a un futuro cargado de emoción y nuevas posibilidades.

–¿Has comprado la tienda entera?

–Hoy no. Tal vez lo haga la semana que viene.

–Está bien tener objetivos –rio él–. ¿Lista para cenar? Hay un restaurante especializado en carnes a pocas manzanas de aquí. ¿Te apetece?

–Suena genial.

Will se hizo cargo de la bolsa y fueron andando hasta el restaurante. En cuanto entraron, Cynthia se quedó inmóvil. El restaurante era lujoso y con pantalones y suéter no se sentía a la altura.

–Este sitio es demasiado elegante –musitó.

–Estás perfectamente –le aseguró él.

El *maître* los condujo a una mesa situada en un rincón, un reservado. Por lo visto, el hombre creía que era una cita romántica. A ella no se lo parecía, sobre todo porque Will volvía a estar concentrado en su móvil, en vez de en la carta.

–¿Les gustaría probar un vino de nuestra selección de hoy? –preguntó el camarero al llegar.

Will dejó el móvil y la miró, expectante. Supuestamente, a ella le gustaba el vino, pero en ese momento lo que le apetecía de verdad era un vaso de Coca-Cola light muy fría, y lo dijo.

–Coca-Cola light para la señorita y merlot para mí, por favor –pidió Will.

Cuando el camarero se fue, Cynthia intentó concentrarse en la carta. Decidió pedir un palto combinado de carne y marisco.

Tras pedir, y ya con las bebidas en la mesa, Cynthia se dio cuenta de lo romántico que era el restaurante. En una pared había una enorme chimenea de piedra y el fuego daba a todo una luz dorada muy favorecedora.

Cynthia tragó aire y se humedeció los labios con la lengua. Él sonrió y su mirada pareció abrasarla. Se había puesto una camisa verde oscura que se tensaba sobre su pecho y sus hombros, marcando los músculos que ella deseaba sentir bajo sus manos. Su imaginación se desbocó.

–Es un lugar muy agradable –dijo. Tenía la garganta seca, así que dio un gran trago al refresco.

–Sí. Me alegro de haber venido a probarlo.

–¿Qué tal el trabajo? –Cynthia quería un tema de conversación que le impidiera pensar en tocar a Will.

—Ajetreado, como siempre. He visto a tu padre.

—Sí, mamá mencionó que iba a ir a verte. ¿Qué tal está? —ese tema sin duda apagaría su ardor.

—Bien. Estuvimos revisando los detalles del acuerdo de colaboración. Deberíamos poder lanzarlo en primavera.

—¿En qué consiste exactamente?

—Se trata de tecnología para un lector de libros digital. Su gente ha creado una pantalla táctil tan ligera, fina y barata que pronto la utilizará todo el mundo. Incluso esperamos regalarlas con las suscripciones de largo plazo al periódico digital.

—¿Tiene problemas tu periódico?

—No pero hoy en día todo es Internet. Hace unos años que ofrecemos suscripciones electrónicas, pero creo que los lectores digitales serán la nueva bomba para la industria editorial. Quiero que el *Observer* y Corporación Dempsey estén en la cresta de la ola. Llevar a mi empresa al siguiente nivel de excelencia y calidad. Hace años que lucho por ello.

Cynthia asintió, aunque no lo entendía bien. Le gustaba sentir un libro en la mano y tardaría en renunciar a ese placer por una tableta. Pero parecía un asunto prometedor para ambas empresas.

—¿Es por eso por lo que vamos a casarnos?

—No es por lo que te propuse matrimonio, no —contestó Will tras una leve pausa.

—Pero es por lo que seguiste conmigo, aunque me hubiera convertido en una persona difícil.

—Ambos teníamos nuestras razones para casarnos, aunque no fueran las mejores.

–La colaboración parece un buen negocio. ¿Por qué tienes que casarte conmigo para sellar el trato?

–No es así –insistió Will–. Mi declaración no tuvo nada que ver con la empresa de tu padre. Eso ocurrió después. Solo fue un incentivo para aguantar cuando empezaste a ser «difícil», por utilizar el mismo término que tú. Tu padre prefiere trabajar con la familia. Cuando rompí el compromiso, lo hice sabiendo que el proyecto quedaría en agua de borrajas en cuanto lo supiera.

–Y si este segundo intento no funciona, ¿eso perjudicará a tu empresa?

–No nos perjudicará. Tampoco ayudará, claro.

–Podría hablar con él. Soy la razón de que rompiéramos. No debería penalizarte a ti y a tus empleados por algo que hice yo.

–Es una oferta muy dulce, pero creo que no necesito tu heroísmo de momento.

Will estiró el brazo por encima de la mesa para agarrar su mano. Ella sintió la calidez envolverla y subir por su brazo como agua caliente. Le habría gustado cerrar los ojos y perderse en la sensación, pero su mirada la tenía hipnotizada.

–¿Qué te hace pensar que este segundo intento no funcionará? –preguntó él. Su sonrisa casi la convenció de que sí funcionaría.

Casi.

Capítulo Cinco

¿La besaste?

El grito incrédulo de Alex traspasó las paredes del despacho de Will y resonó en los pasillos de la sede del *Observer*.

–Baja la voz, ¿quieres?

Will se levantó, cerró la puerta del despacho y echó el pestillo, para evitar interrupciones.

–¿Qué hay de cotilleo en besar a tu prometida?

–Para empezar, ya no es mi prometida.

–Soy el único que sabe lo de la ruptura. La última vez que hablamos parecías convencido de que te irías cuando mejorase. ¿Qué ha cambiado?

–Nada. Y todo –Will se sentó, se recostó y entrelazó los dedos detrás de la cabeza.

–Lo sabía. Cuando vi tu sonrisa en la cena supe que te había atrapado.

–Nunca había estado tan absorto por una mujer –confesó Will.

–¿Vas a quedarte?

–No. Sí. Por ahora. Incluso si mañana se despertara con el carácter de un perro de presa, aguantaré hasta que esté recuperada. Hemos acordado empezar de cero y ver qué ocurre, pero tengo dudas. Es tentar al desastre a largo plazo.

–Entonces, ¿por qué la besaste?

–Porque quería hacerlo –Will suspiró–. Hacía mucho que no me apetecía besarla. Pero ahora hay química entre nosotros. Siento una corriente eléctrica cuando estoy cerca de ella. Nunca había sido así. Es como estar con una mujer completamente distinta. Una relación nueva con alguien dulce y amable. Se le escapan risitas, Alex.

–¿Cynthia se ha reído? –enarcó una ceja.

–Más de una vez. Al principio estaba perdida, pero ahora que se ha acostumbrado es pura excitación y júbilo. Como si viviera una vida nueva. Me gusta estar con ella. Soy feliz cuando ella lo es. Le he comprado una máquina de coser.

–¿Qué? ¿Por qué?

–Porque pensé que le gustaría, y acerté. Ha despejado su despacho de todo lo relacionado con la publicidad y se dedica a diseñar ropa.

–¿Eso es lo que va a hacer en el futuro?

–Creo que sí. No puede volver a la agencia y simular que sabe lo que hace. La animé para que hiciera algo que la inspirara, y ha seguido esa dirección. Se siente feliz así.

–Y eso te hace feliz a ti –Alex asintió–. ¿Cuál es el problema, entonces?

–¡Que es un error! –gritó Will, dando un puñetazo en el escritorio. Era un maremágnum de energía sexual contenida, confusión y frustración–. Me está absorbiendo y yo quería liberarme. Me pregunto si lo hace a propósito. Cuando rompí el compromiso, insistió en que podíamos solucionarlo. Cynthia no quería pasar por esa vergüenza; hasta se negó a quitarse el anillo hasta que habláramos tras su viaje. ¿Y si está simulándolo todo para conseguir que me quede?

–¿Simulando su amnesia?

–Sería muy capaz. No confiaba en ella antes y no estoy seguro de poder confiar ahora. Me mintió durante más de un año.

–Casi murió en un accidente aéreo. Ni siquiera Cynthia podría premeditar algo así.

Will frunció el ceño; sabía que su amigo tenía razón. Se estaba dejando llevar por la paranoia. La desconfianza del pasado le nublaba el juicio. Era obvio que ella no había planeado lo ocurrido, pero era más fácil sospechar que confiar en ella.

–Estoy metido en un buen lío.

–¿Quieres beber algo? –Alex se acercó al mueble bar.

–No, sírvete –dijo Will.

Alex se sirvió un par de dedos de whisky escocés y se acercó a la ventana, que ofrecía una impresionante panorámica de Nueva York.

–Creo que has manejado mal la situación.

–Aclárame por qué piensas eso.

–Le ofreciste empezar de cero, pero sigues dejando que todo lo malo del pasado te líe la cabeza. Deberías imitar a Cynthia, por decirlo de alguna manera. Olvida tu pasado con ella. Olvida el acuerdo con Corporación Dempsey. Olvida que estáis comprometidos.

–Vale –Will miró a su amigo con desconfianza. Eran muchas cosas que olvidar.

–Ahora –siguió Alex–, después de eliminar todo eso, hazte una pregunta: ¿la deseas?

Will se hizo la pregunta. El sonido de su risa hacía que su sangre bullera. Se encerraba en su despacho durante horas para ocultar su erección y para evitar hacer una estupidez. La respuesta era obvia.

–Sí.

–En otros aspectos de tu vida, ¿qué haces cuando deseas algo?

–Lo consigo.

–No lo consigues sin más –Alex movió la cabeza–, luchas por ello. Cuando querías ser delegado de curso, hiciste más campaña que nadie. Cuando quisiste ser capitán del equipo de polo, entrenaste más que ninguno. Cynthia podría haber elegido al hombre que quisiera, pero tú decidiste que la querías, y la conseguiste. Ahora parece que le interesas y ella te interesa a ti. ¿Qué problema hay?

–No es tan sencillo. Todo lo anterior sigue existiendo. No vivo en un vacío.

–Ya, pero, ¿qué daño haría que le dierais una verdadera oportunidad a esta nueva relación?

Will sabía que si había algún daño lo sufriría él, y eso solo si lo permitía. Cynthia podía penetrar en su mente y en su corazón, pero no dejaría que llegara tan lejos. Si mantenía su corazón a salvo, su empresa se beneficiaría y probablemente disfrutaría volviendo a casa por la noche.

–No haría ningún daño –admitió.

–No es mi vida, amigo, pero si fuera tú, me lanzaría –Alex tomó un sorbo de whisky–. Saldría de este despacho e iría derecho a seducirla. Disfrútalo mientras dure. Si se recupera y volvéis a odiaros, pues te vas. No habrás perdido nada que no estuviera ya perdido antes del accidente.

–¿Y si no se recupera?

–Viviréis felices para siempre. Así de fácil.

No era tan fácil, pero merecía la pena pensarlo. Will fue a servirse un chupito de whisky. Alex tenía razón. Le había dicho a Cynthia que la había perdonado, pero seguía poniéndole barreras. No se había comprometido lo bastante, y no era justo para ninguno de ellos. Debía permitirse disfrutar de ella, aunque no le entregara su corazón.

Cynthia remató la última costura, cortó el hilo y dio la vuelta al vestido. Había tardado unos días, pero su primera prenda estaba acabada. La admiró, sonriente. No estaba mal.

Había optado por empezar por el primer diseño que le llamó la atención, sin preocuparse de la dificultad de ejecución. Era un vestido camisero sin mangas, un poco estilo años cincuenta. Tenía cuello redondo y cinturón. La falda tenía vuelo y caía debajo de la rodilla.

La silueta era sofisticada, pero se alejaba del estilo tradicional por el tejido blanco y negro, de estampado cebra, salpicado de rosa y morado fuerte. En cuanto había visto la tela había sabido que era perfecta para el proyecto. Había creado el cuello, el cinturón y los remates de los bordes con satén negro, que daba un toque de brillo y lujo.

Era una fusión de *rockabilly* y años ochenta. Estiloso, divertido y muy original.

Se quitó la ropa y se puso el vestido. Giró ante el espejo de cuerpo entero, complacida y aliviada al ver que estaba bien tallado. Tras abrochar el último botón y atar el cinturón, comprobó que le quedaba perfecto, ajustándose a cada curva.

Unos zapatos sin puntera de cuero negro serían el complemento perfecto. Cynthia corrió al dormitorio y revisó las cajas hasta encontrar el par adecuado. Se los puso y fue hacia la sala. Un ruidoso silbido la hizo girar en redondo.

Will estaba en el umbral con ojos brillantes de admiración. Su mirada ardiente la recorrió de arriba abajo. Sonrió y cerró la puerta.

—Vaya, vaya —dijo.

—¿Te gusta? —giró sobre los tacones haciendo que la falda girara a su alrededor, torturándolo con un destello de muslo desnudo.

—Sí —tragó saliva—. No creo haber visto nada parecido en mi vida.

—Acabo de terminarlo.

—¿Quieres decir que lo has hecho tú? —Will arqueó las cejas con asombro.

—Sí. Es mi primera prenda. El efecto será mejor cuando me libre de la férula del brazo, claro.

—¿Has pasado de estudiar las instrucciones de la máquina de coser a crear un vestido digno de una pasarela en tres días?

Le había bastado con leer el manual de instrucciones una vez para entender la máquina. Cortar y montar las partes del vestido sobre el maniquí le había parecido fácil. Aunque no sabía el nombre de todos los utensilios de costura, le bastaba con mirarlos para encontrar los que servían para cada tarea. Era como si hubiera estado haciendo eso toda su vida.

–Creo que ha merecido la pena seguir mis instintos. Estoy deseando hacer más. Incluso estaba pensando en hacer mi vestido para la fiesta.

–Ah, sí –Will se quitó el abrigo y lo dejó en el brazo del sofá–. La velada de tu madre es la comidilla de la ciudad. Elige bien el diseño, porque podría acabar en la portada de todas la revistas de sociedad y páginas web de Manhattan.

Cynthia se quedó inmóvil, boquiabierta. No había pensado en eso. Le costaba recordar que estaba en el punto de mira. Habría periodistas y fotógrafos en la fiesta. Si quería ser diseñadora, sería la plataforma de lanzamiento perfecta.

Y si no lo era, tendría que plantearse aceptar un cargo directivo, de adorno, en la empresa de su padre.

–Tienes que comprar un vestido nuevo o hacerlo. Y creo que deberías hacerlo. Deja que todos los invitados sepan que ha llegado Cynthia Dempsey, más divertida y a la moda que nunca.

–Lo dices por cortesía –Cynthia se sonrojó.

–No –Will se situó ante ella y posó las manos en su estrecha cintura, realzada por el corte del vestido. A ella se le secó la boca y se le hincharon los senos, que deseaban apretarse contra su pecho.

Cada vez que se acercaba tanto, cada vez que la tocaba, reaccionaba igual. No lo entendía. No podía ser algo nuevo; era una atracción química y hormonal de lo más primitiva, que no podía controlar. Era incomprensible que, sintiéndose así, hubiera tenido una aventura con otro hombre.

Will se acercó más y la atrajo. Ella se alegró de haberse puesto zapatos de tacón. Esos doce centímetros de altura la ponían a su nivel, boca contra boca, pecho contra pecho.

–Se diría que tengo mi primer admirador –musitó ella con voz entrecortada.

–Desde luego –se inclinó hacia ella y capturó su boca con entusiasmo.

Cynthia aceptó el contacto con placer. Esa tarde no había barreras. Su lengua la invadió y sus manos recorrieron su cuerpo como si exploraran territorio desconocido. Ella se aferró a su cuello y apretó el bajo vientre contra su potente erección.

Will gimió de placer contra sus labios al sentir el contacto. La hizo retroceder hacia la pared y le colocó una mano en la nalga, para incrementar la presión. Recorrió su mandíbula con los labios, cuidándose de las cicatrices, y luego descendió para festejarse con la dulce curva de su cuello. Posó la mano en uno de sus senos y frotó el pezón erecto con el pulgar.

Will siguió lamiendo y mordiendo su cuello, al tiempo que desabotonaba el vestido. Instantes después, el corpiño estaba abierto hasta la cintura y él introducía las manos para acariciar sus senos por encima del sujetador de encaje.

Ella jadeó cuando trazó un sendero de besos desde su cuello a su clavícula y bajó hasta el valle de entre sus pechos. Gimió cuando él apartó el encaje y tomó un pezón entre sus labios. Enredó los dedos en su pelo.

Will deslizó la mano muslo arriba, subiendo el vestido. La tensión del cuerpo de Cynthia se incrementaba con cada centímetro. Todas sus reservas respecto a estar con Will se derritieron. Nada importaba excepto estar en sus brazos, allí, en ese momento.

Cuando la mano encontró la humedad cálida de entre sus muslos, creyó que iba a estallar de deseo por él. Los dedos la acariciaban por encima de la seda de sus braguitas, pero no era suficiente.

–Will, por favor –susurró.

–Por favor, ¿qué? Dime qué quieres, Cynthia.

Una parte de ella se tensó al oírlo decir su nombre. Lo había dicho miles de veces, pero en ese momento volvía a provocarle dudas. No quería que la llamara así. Pero cuando sintió la presión de su dedo en el punto más sensible de su cuerpo, la oleada de placer le hizo olvidarlo todo.

–A ti –consiguió decir.

Will retiró la mano; ella se congratulaba por lo que iba a ocurrir cuando oyó un zumbido y comprendió que él se había detenido por el teléfono. La pantalla mostraba el último número que habría deseado ver. No pudo ocultar el pánico que sintió en ese momento. Imposible simular que desconocía la identidad del llamante.

Will se apartó y dio un paso atrás. Cuando lo miró a los ojos, el deseo había desaparecido y solo vio en ellos la fría indiferencia de los primeros días en el hospital. Tenía la mandíbula tensa y el rostro enrojecido por la ira contenida.

Se dio la vuelta y salió de la habitación. Segundos después se oyó un portazo.

Capítulo Seis

Para cuando Will miró su reloj de pulsera, eran más de las diez. Había estado caminando, preguntándose qué hacer. El frío viento nocturno le mordía las mejillas y lo obligaba a enterrar las manos en los bolsillos del pantalón, pero su cerebro apenas registraba la molestia. Se merecía el castigo por haber sido tan estúpido.

Había estado a punto de dejarse llevar. De ir demasiado lejos. Había seguido el ridículo consejo de Alex y ¿qué había ocurrido? Su amante había vuelto a llamarla.

Eso no era grave, Cynthia no podía impedirle que llamara. Pero había tenido la esperanza de que no reconociera el número. De que la amnesia funcionara como con todo lo demás.

Sin embargo, el horror de la expresión de Cynthia no le dejó duda de que sabía quién era y también que llamaba en el peor momento posible. Él había sentido una opresión tan fuerte en el pecho que había tenido que salir del apartamento para respirar aire fresco y no sofocarse.

Ella no recordaba a sus padres y amigos. Will, con quien llevaba prometida dos años, era un desconocido. No sabía si le gustaban los perritos calientes pero, maldita fuera, se acordaba de él. Incluso lo había mirado con un destello de esperanza en los ojos verdes, como si esperara que él no conociera el número y siguiera creyendo que el pasado y su amante habían quedado atrás. La mujer que lo había traicionado seguía ahí dentro.

Will se sentó en un banco del parque para dar un respiro a sus pies. Sus zapatos de trabajo no estaban diseñados para andar durante horas. Aún llevaba el traje, pero sin la chaqueta, que se había quitado al llegar a casa. Al salir no había pensado en el frío. No había comido. Ni siquiera había mirado el móvil, que había sonado varias veces.

Se suponía que el accidente de avión iba a ser su segunda oportunidad. El amante y el resto de problemas de la relación iban a quedar en el pasado. Pero justo cuando había decidido tomarse esa oportunidad en serio, ella la había arruinado.

Las luces de neón de un bar, al otro lado de la calle, lo llamaban. Pero sabía que ahogar sus penas en whisky caro no serviría de nada. Era mejor la acción. Pasear por Manhattan en mitad de la noche no solucionaría nada. Le había servido para despejar la cabeza y no hacer una tontería, pero lo único que podía ayudarlo a solucionar el asunto seguramente dormía en casa.

Will se levantó de un salto y volvió al piso por el camino más corto. Cynthia había dejado encendida la luz del recibidor, pero el resto del piso estaba a oscuras. Encendió la lámpara del salón y vio los restos de lo que había sido el teléfono. A juzgar por el descascarillado de la escayola, lo había lanzado contra la pared.

Sorteó los trozos de plástico y metal y fue hacia su dormitorio. No había puesto el pie allí desde que ella había vuelto del hospital. Su ropa estaba en el armario de la habitación de invitados, donde dormía. Había decidido darle espacio mientras se adaptaba, pero esa noche no lo haría.

Abrió la puerta y la luz del pasillo iluminó la cama de matrimonio. Apenas distinguió el pequeño bulto bajo la ropa de cama. Encendió la lámpara de su mesilla de noche.

Cynthia estaba acurrucada en posición fetal. Tenía un pañuelo de papel en la mano y había varios usados sobre su mesilla. Imposible no ver el rastro de lágrimas secas en su rostro. Parecía que se lo había tomado peor de lo que él esperaba.

–Cynthia –dijo, tocándose el brazo con suavidad.

Ella, emitiendo un ruidito, se estiró y alzó los párpados lentamente. Al verlo, ensanchó los ojos y se sentó de golpe, aún medio dormida. Su expresión era una mezcla de pánico y confusión, pero cuando la neblina del sueño se disolvió, se volvió defensiva, dura. Se apoyó en el cabecero y recogió las piernas hacia el pecho.

Will se sentía como Goliath amenazando a David, así que se sentó al borde de la cama.

–¿Por qué vuelve a llamar Nigel? –preguntó con tono plano, carente de emoción.

–No lo sé. Llamó la noche que volví del hospital, mientras tu fuiste a comprar la cena. Me hablaba como si yo supiera quién era, y yo no lo sabía. Pero no tardé en entenderlo –movió la cabeza y miró el pañuelo de papel que estaba haciendo trizas–. Insistió en verme.

Lo miró con lágrimas en los ojos. Verla llorar fue como un puñetazo en el estómago. Deseó abrazarla y consolarla, pero pensó que podía ser una nueva táctica para manipularlo. No podía dejarle ver que lo estaba conmoviendo.

–Entonces recordé lo que dijiste de poder elegir quién quería ser. No podía cambiar lo que ya estaba hecho, pero sí ponerle fin. Así que le dije que no quería verlo y que dejara de llamar.

–¿Por qué no me lo dijiste? –Will apretaba los puños. Quería creerla, pero había oído demasiadas mentiras–. ¿No íbamos a volver a empezar, siendo sinceros el uno con el otro?

–No quería volver a sacar todo el tema. Y al principio dejó de llamar. Luego volvieron las llamadas. Pero nunca contesto.

–Cynthia, no sé si puedo confiar en ti. Quiero hacerlo, pero esto no ayuda.

Ella apartó las sábanas y salió de la cama para sentarse a su lado. Llevaba un pantalón de pijama de satén azul marino y un top sin mangas que dejaba poco a la imaginación. Todo el cuerpo de él empezó a vibrar, el aroma de su piel le nublaba el cerebro. Will odió que, incluso en el momento en el que debería desdeñarla más, seguía deseándola. Pero no se apartó.

–No tienes razón para confiar en mí, ni yo para confiar en ti. Somos desconocidos. Pero quiero más. Quiero que esto funcione. Y no conozco otra forma de convencerte de la verdad.

Will miró a Cynthia y vio que se quitaba el anillo de compromiso y lo miraba a la luz.

–Esto no es mío. Se lo diste a otra mujer. Es un símbolo de nuestro pasado y de lo que fue mal entre nosotros –buscó una de sus manos y le abrió el puño para dejar el anillo en la palma–. Sé que te preocupa que un día me despierte y vuelva a ser «ella». Tenías razón al decir que tengo otra opción. Incluso si recupero la memoria mañana, no volveré a ser como era. Quiero conseguir que nuestra relación funcione, con o sin amnesia.

Will sabía desde el primer día que si ella recuperaba la memoria la relación se acabaría. La vuelta de su personalidad de antes apagaría todo interés y atracción. Era la última barrera a la que se aferraba para no abrirle las puertas. Y Cynthia acababa de derrumbarla, dejándolo expuesto a ella y a sus posibilidades de futuro juntos.

–Intentemos crear una nueva relación de los restos de la que destruimos. Salgamos juntos y conozcámonos. El mundo puede seguir pensando que estamos comprometidos, mi padre incluido. Y si más adelante –tocó la mano en la que le había puesto el anillo–, quieres devolverme eso, hazlo.

Cynthia contempló el rostro de Will buscando algo que le indicara que no iba a acabar sola y sin hogar, pero era difícil interpretar su expresión.

–De acuerdo –aceptó él, finalmente.

Cynthia le había devuelto el anillo para demostrarle que quería intentarlo de buena fe. Esperaba que el tiempo creara nuevos recuerdos que borrasen los anteriores. Sería un proceso lento, pero iría paso a paso para hacerlo bien.

–Estoy deseando conocerte –dijo, sonriendo de medio lado–. Me gusta lo que he visto por ahora.

–Hace mucho que no tengo citas –admitió él con una sonrisa–. Puede que esté algo oxidado.

–Da igual –ella encogió los hombros–. No recuerdo haber tenido una cita nunca, así que será fácil impresionarme.

Él soltó una carcajada. Era la primera vez que lo oía reírse de verdad y no la decepcionó. Era una risa grave y sexy, que le hizo desear abrazarse a él y hundir el rostro en su cuello.

–Me alegra que no tengas demasiadas expectativas –le dio un suave beso en los labios y se puso en pie–. Buenas noches.

Ella quería que se quedara, retomar las cosas donde las habían interrumpido antes, pero sabía que no era buena idea. Al menos el beso abría una puerta a la esperanza, eso le bastaba.

–Buenas noches –le dijo, cuando él ya salía.

Por desgracia, cuando apagó la luz supo que ya no podría dormir. Estaba tan tensa como si se hubiera tomado una cafetera entera. Pasó casi un hora tumbada a oscuras, intentando dormirse, pero no sirvió de nada.

Como no tenía que madrugar ni adónde ir, decidió aprovechar su energía. Sin hacer ruido, salió del dormitorio y fue a su despacho taller para hacer algunos bocetos.

El plan de crear su propio vestido para la fiesta que organizaba su madre le rondaba la cabeza. Tenía que estar bien diseñado y perfectamente adaptado a su estilo estético. Si iba a salir en periódicos y revistas, tenía que encajar con el estilo de traje de noche que cerraría su colección en la pasarela si llegaba a crearla. Una joya que llevara a la gente a decir: «Es un diseño de Cynthia Dempsey» nada más verlo.

Por si eso no fuera bastante, tenía una presión añadida. Quería estar guapa para Will. Quería oírlo blasfemar cuando la viera con ese vestido, quería que la amenazara con arrancárselo del cuerpo aunque eso implicara llegar tarde a la fiesta en su honor. La verdad era que quería que se reconcomiera de deseo toda la noche.

Al día siguiente Will pasó por el distrito de las flores después del trabajo.

Agarró un ramo de rosas. Tenían el color de sus mejillas cuando se ruborizaba. El rosa era su color favorito.

Se dio la vuelta y, al ver las orquídeas, se preguntó si preferiría algo más exótico.

Mesándose el cabello, sacudió la cabeza y decidió seguir su primer instinto. Pagó el ramo de rosas, salió y subió al taxi que lo esperaba fuera.

En vez de utilizar la llave, llamó al timbre. Oyó sus pasos resonar, como si corriera abrir.

–¿Has olvidado tu lla… –empezó ella. Calló al ver las flores–. ¡Oh! –una sonrisa le iluminó el rostro.

—Esta noche tenemos cita para cenar –dijo él, ofreciéndole el ramo–. Son para ti.

—Gracias. Las pondré en agua y me vestiré.

Will asintió. La observó mientras buscaba un jarrón, lo llenaba de agua y colocaba las flores.

—Son preciosas, Will, gracias –le dijo.

—De nada. He reservado mesa a las seis y media. Tendrás que darte prisa o no llegaremos.

Cynthia miró el reloj, soltó un gritito y corrió al dormitorio. Diez minutos después regresó vestida con una falda negra ajustada y un top blanco con volantes y pespuntes y adornos de color negro. Se había recogido el pelo castaño oscuro en un moño y se había pintado lo labios de un color cereza que les daba carnosidad. Era un conjunto perfecto.

—Estás impresionante –dijo él–. Y has sido muy rápida. Puede que hasta lleguemos temprano.

Se pusieron los abrigos y fueron al restaurante en taxi. Era un italiano de lujo, pero no de los frecuentados por gente que pudiera conocerlos. Como era su primera cita, Will quería que fuera privada, sin gente cotilleando y preguntándose por la ausencia del anillo de compromiso.

Los llevaron a un reservado de cuero color borgoña, con velas sobre la mesa. El sumiller llegó con la carta de vinos y Will iba a pedir cuando se dio cuenta de que no sabía qué le gustaba a ella.

—¿Quieres un refresco o prefieres probar algún vino esta noche? –preguntó.

—Me gustaría probar el vino, pero prefiero algo ligero y dulce.

El sumiller sugirió un *riesling* y Will, por su parte, pidió un *cabernet sauvignon*. Por fin se quedaron solos con una cesta de pan y aceite de oliva aromatizado con hierbas.

–En una primera cita lo más normal sería preguntarte por tus gustos y dónde naciste. Por desgracia, dudo que sepas las respuestas.

Cynthia se rio y tomó un sorbo de vino.

–Mmm, está delicioso, gracias. Puede que no resulte fácil, pero si lo intentamos tal vez descubra algo sobre ti y también sobre mí. Adelante.

–Vale –peliizcó un trozo de pan y lo mojó en aceite–. Probaré un enfoque más esotérico. Si tuvieras que ir a una isla desierta, ¿qué tres cosas te llevarías?

–Bueno, si es una isla desierta sin nada de nada, comida, agua y un cepillo de dientes. Si esas necesidades están cubiertas, un cuaderno de dibujo, lápices de colores y un reproductor de MP3 con batería solar. ¿Y tú?

–Si las necesidades básicas estuvieran cubiertas, me llevaría… –movió la cabeza–. Ni lo sé. No sabría qué hacer con el tiempo libre.

–¿Qué te gusta hacer por diversión?

–¿Diversión? Trabajo. Eso es lo que hago. A veces Alex me obliga a jugar al frontón o tú me arrastras a una fiesta o al teatro. Eso es todo.

–¿El periódico no tiene un palco en el estadio de los Yankees ni nada de eso?

–Asientos de pista para los Knicks, pero suelo regalar las entradas a clientes y amigos.

–¿Por qué? ¿No te gusta el baloncesto?

–Sí. Pero no busco tiempo para ir. Tú nunca quisiste acompañarme, y Alex suele tener una cita o un viaje de negocios cuando se lo sugiero.

–Pues creo que me gustaría ir cuando empiece la temporada. Suena divertido.

Will sonrió al imaginarse a Cynthia en un partido de los Knicks, con una cerveza en la mano y patatas fritas en la otra, gritando a los jugadores.

–Iremos. ¿Hay algo más que te interese hacer, suponiendo que tengamos una segunda cita?

–Hum… Tal vez jugar a los bolos. O hacer lo que hacen los turistas en la ciudad. No recuerdo nada de eso, así que soy como una visitante.

–¿Te refieres a ver la *Estatua de la Libertad*?

–Sí. Y comprar una de esas camisetas que dicen «Me gusta Nueva York».

Will se rio. La mujer que tenía delante lo sorprendía a cada momento. Era otra persona. Un mujer dulce y cariñosa, enamorada de la vida y de los placeres más sencillos. Tal vez realmente había cambiado para siempre.

–Sabes que trabajo mucho, pero haré un hueco para las visitas turísticas, si eso te hace feliz.

–Me encantaría. Pero, ¿por qué trabajas tanto?

–Cuando mi padre se jubiló y ocupé su puesto, necesité muchas horas de rodaje para entender el periódico. Después, cuando empezó a haber tensión en casa, dejé que el trabajo me absorbiera. Y se convirtió en una forma de vida.

–¿No podrías delegar en otras personas?

–Probablemente, si quisiera. Pero me gusta involucrarme. No quiero ser uno de esos directivos que mira la empresa desde su torre de marfil.

—Tiene que haber un término medio. Un límite entre el trabajo y lo demás. Por ejemplo, ¿qué dirías si te digo que es grosero mirar el teléfono móvil cada dos minutos durante una cita?

—Diría que tienes razón y te ofrecería ponerlo en modo silencio —lo alzó, pulsó una tecla y puso fin a la constante sinfonía de pitidos, trinos y melodías animadas. Apagarlo le parecía excesivo.

—Es un paso en la dirección correcta. ¿Cuándo fue la última vez que estuviste de vacaciones?

—No trabajé el lunes de después de tu accidente.

—Eso no son vacaciones —Cynthia arrugó la frente—. Hablo de arena entre los dedos y una bebida helada en la mano.

Él lo pensó un buen rato antes de hablar.

—Después de que nos graduáramos de Yale. Mi padre nos regaló una semana en Antigua.

—Eso fue hace mucho. ¿Tienes algo planeado?

—Solo nuestra luna de miel. Dos semanas en Bali —contestó él—. Reservamos una de esas cabañas privadas que flotan sobre el agua.

Will se imaginó en la playa con ella. Aunque no estuviera contenta de haber ganado peso tras el accidente, él no tenía ninguna queja. Sus curvas llenarían un bikini de la mejor manera posible. Se vio poniéndole crema protectora en cada centímetro de la pálida y delicada piel. Lamiendo la sal de su cuerpo, dentro y fuera del agua. Era una bella fantasía: dos semanas de paraíso.

–Eso suena divino –musitó ella–. Tal vez deberíamos planear algo ahora, que te aleje del trabajo y a mí del piso.

–Muy bien –aceptó él. Tendría que ser un sitio con playa, y le compraría un bikini rosa, sin duda.

Justo entonces llegó el camarero con la cena.

–¡Vaya! –exclamó Cynthia, hincándole el diente a su enorme plato de pasta.

Él aprovechó para contemplarla. Todo en ella lo fascinaba. Tal vez haber estado tan cerca de la muerte hacía que se apreciaran las cosas más sencillas, incluso los *fetuccini* con salsa de almejas. Le hacía desear ofrecerle cosas nuevas y llenarla de regalos, no solo porque se los merecía, sino porque los apreciaba de verdad. Primero harían un tour de la ciudad y, en cuanto el médico le diera permiso para viajar, volarían al lugar tropical más cercano. Si le daba miedo subir a un avión, contrataría un yate para que los llevara.

Pero antes de todo eso, iba a ofrecerle otra experiencia nueva. Cuando llegaran a casa iba a colmar su cuerpo de placeres físicos.

Capítulo Siete

Cynthia notó que la energía entre ellos cambiaba a lo largo de la cena. En un momento dado, había alzado la vista y comprobado que Will la observaba atentamente. El deseo de sus ojos dejaba muy claro que tenía hambre de algo más que de pasta. Iba a tener que renunciar al tiramisú: había prisa por volver a casa. Le gustaba la idea.

Pero cuando subían en el ascensor los nervios empezaron a atenazar a Cynthia. No era virgen, pero se sentía tan inexperta como si lo fuera. Sabía que estaba en buenas manos con Will, pero quería complacerlo. Tenía la esperanza de que él lo entendiera y no pensara que era mala en la cama.

También sabía que él no podría evitar establecer comparaciones con el pasado, y eso la preocupaba. ¿Lo decepcionaría que su cuerpo hubiera cambiado? ¿Y si quería dejar la luz encendida? Cynthia no se sentía con valor suficiente para eso.

Will le agarró la mano y la condujo del ascensor hasta la puerta. Entraron, él echó el cerrojo, dejó las llaves en la consola y entró a la sala.

—¿Qué tal si encendemos solo el fuego? —sugirió Cynthia, agarrando su mano cuando iba a pulsar el interruptor. Incluso el fuego le parecía demasiada luz, pero al menos el juego de sombras difuminaría las imperfecciones que quería ocultar.

Él asintió en silencio y puso manos a la obra. Cynthia se quitó los zapatos y se sentó en la gruesa alfombra que había ante la chimenea, observándolo. Cuando las llamas prendieron, Will desapareció en la cocina y volvió unos minutos después con dos copas de champán.

–¿Has probado ya el champán?

–No –aceptó la copa y esperó a que se sentara.

–Entonces, por la primera de muchas nuevas experiencias de esta noche, que espero disfrutes –Will alzó la copa y la chocó contra la suya.

Cynthia notó que empezaba a ruborizarse. Se llevó la copa a los labios y tomó un sorbo. Estaba delicioso. Tomó otro sorbo.

–¿Te gusta? –preguntó Will, dejando su copa en la mesita e inclinándose hacia ella.

–Sí –tomó un último sorbo para darse valor y puso la copa junto a la de él.

–Me alegro –le puso la mano en la nuca y cerró el espacio que los separaba. Sus labios encontraron los de ella. La calidez y dulzura de su boca y los dedos que acariciaban su cabello la llevaron a cerrar los ojos y entregarse a las sensaciones.

Sintió el calor de su mano en el muslo, acariciando y subiendo lentamente la falda. El contacto encendió un fuego en su vientre que la llevó a acercarse más a él. Puso una mano en su pecho y palpó los fuertes músculos, pero no le gustaba el tacto de la camisa almidonada. Quería tocar piel desnuda. Empezó por el cuello y fue desabotonando la camisa pero se detuvo cuando llegó a la cinturilla del pantalón. Deslizó los dedos por su estómago y el gruñido de aprobación que oyó le dio valor para sacar la camisa, desabrochar el último botón y apartársela de los hombros.

Interrumpió el beso y abrió los ojos para admirar su torso, los valles y planos acentuados por la luz de las llamas. Deslizó los dedos por la piel satinada. Los músculos de su estómago se tensaron cuando llegó al ombligo.

–Aún no –susurró él, alzándole la mano.

Volvió a besarla y ella sintió cómo le desabrochaba la blusa. Los nervios reaparecieron un instante, pero como estaba de espaldas al fuego cuando le quitó la blusa sus senos seguían envueltos en sombra. Él deslizó la mano por su espalda y abrió el cierre del sujetador. Sin dejar de besarla, se lo quitó, lo dejó a un lado y cubrió sus pechos con manos ansiosas.

Cynthia gimió contra sus labios cuando apretó un pezón entre los dedos y luego lo acarició con la palma. La intensa sensación le recorrió el cuerpo y la llevó a apretarse contra él, pero eso no era bastante para calmar la necesidad que empezaba a sentir.

Will le bajó la cremallera de la falda y la empujó hasta tumbarla sobre la alfombra.

El movimiento expuso su cuerpo al resplandor del fuego, pero cuando vio que él la contemplaba con lujuria, dejó a un lado sus inseguridades y disfrutó de sentirse deseada.

Era una sensación nueva y maravillosa, solo superada por el cosquilleo de los labios que recorrían su piel bajando hacia los senos expuestos. Su boca capturó un pezón y las manos siguieron descendiendo hasta bajarle la falda y las bragas. Dejó de besarla un momento para terminar de desnudarse él.

Cynthia se apoyó sobre los codos para admirar su cuerpo. Pero su plan para ocultar su inseguridad también le dificultaba verlo a él. Solo vio su silueta, moviéndose, oyó el crujido de un paquetito de metal y vio un reflejo dorado en su cabello cuando se acercó hacia ella. Él acarició y besó su cuerpo mientras se situaba a su costado, cargando el peso en la cadera y el codo.

Clavó en ella su mirada oscura mientras la palma de su mano rozaba su vientre y se perdía entre sus muslos. Los abrió y deslizó los dedos sobre la carne húmeda. Cynthia intentó no gritar, pero la sensación era tan intensa que no pudo evitarlo. Intentó mantener los ojos abiertos, pero los expertos movimientos de su mano le hicieron bajar los párpados y alzar las caderas hacia él. La eléctrica corriente de placer que le recorría el cuerpo no se parecía a nada que hubiera experimentando antes. La tensión se acumulaba en su interior, acrecentando su hambre de más.

–Will –susurró, casi sin poder controlar su cuerpo. No se imaginaba una sensación más increíble que la que sentía en ese momento, pero sabía que había más. Lo quería todo y se sentiría incompleta hasta conseguirlo–. Por favor.

Will le abrió más los muslos y se situó sobre ella. Sin dejar de mirarla, buscó la entrada que le daba la bienvenida a su cuerpo. La llenó por completo y ella gimió de placer. Deseó aferrarlo con las piernas y sujetarlo así para siempre.

Pero no era tan tonta como para detener el delicioso movimiento que él había iniciado. Lento al principio, entraba y salía de su cuerpo, centímetro a centímetro. Bajó la cabeza para capturar un pezón y tirar de él con los dientes.

–Oh, Will –gimió, incapaz de hacer más que aferrarse a los duros músculos de sus brazos. El clímax crecía en su interior pero le parecía demasiado pronto. Quería que la sensación durara para siempre, pero él no iba a permitirlo.

Él soltó el pezón y besó su boca. Incrementó el ritmo de la penetración. Cada movimiento provocaba en ella una nueva oleada de placer.

Él parecía disfrutar observando su expresión, la boca entreabierta y el jadeo que indicaba la proximidad del orgasmo. Con un ritmo perfecto, embistió más y más fuerte, obligándola a saltar al vacío en caída libre.

–¡Sí! –gritó ella, cuando el clímax pulsó en su cuerpo. Apretó las caderas contra su pelvis y levantó la espalda de la alfombra, perdiéndose en una oleada de éxtasis a la que él se unió un instante después.

Después, Will se puso de costado para librarla de su peso y siguieron tumbados, jadeando. Cynthia nunca había sentido algo tan increíble. En sus brazos, unida a él, había sentido no solo placer, sino también una paz que había echado en falta. Aunque lo que habían compartido no fuera más que sexo para Will, era un principio. Si llegaban a hacerse el amor de verdad, suponía que sería aún mejor. Por esa noche, se conformaría con una primera cita tan exitosa.

–Nuestra primera cita; ahí acabó mi reputación –dijo, riéndose entre jadeo y jadeo.

***

Will llamó a la puerta del taller de Cynthia y dijo su nombre. La máquina de coser se detuvo.

–¿Sí? –la voz sonó apagada por la gruesa puerta de madera.

–Esta noche salimos –anunció. Llevaba días encerrada en su taller, iban a salir quisiera o no. Le daba igual que no acabara el vestido a tiempo.

–No creo que… –empezó a discutir ella, pero él forcejeó con el pomo, silenciando su protesta–. Vale, vale, ¡ya voy! No mires –dijo, abriendo la puerta y cerrándola a su espalda.

–Has estado trabajando mucho. Eso, diciéndolo yo, es malo. Esta noche voy a llevarte por ahí.

–No debería, en serio –dijo ella retrocediendo hacia la habitación. Él agarró la puerta.

–Si vuelves a entrar, te sacaré a la fuerza. Y miraré el vestido y arruinaré tu sorpresa.

–Supongo que me vendría bien un descanso –Cynthia se miró las puntas de los dedos, rojas e irritadas y suspiró–. He progresado bastante.

–Me alegro –Will se quitó la chaqueta deportiva y fue a la habitación de invitados–. Voy a cambiarme antes de salir –se quitó la camisa y la corbata y las tiró sobre la cama.

–Supongo que yo también. ¿Adónde vamos?

–Es una sorpresa –contestó él.

–¿Y cómo voy a saber qué ponerme?

Will volvió al pasillo y la miró. Llevaba pantalones

vaqueros y camiseta, y el cabello suelto sobre los hombros. Estaba perfecta para lo que tenía en mente. Iba a decírselo cuando ella abrió la boca y dejó escapar un gritito de sorpresa. Él se miró el pecho desnudo, confuso. Habían dormido juntos hacía dos noches, pero por lo visto verlo a la luz del día era una experiencia nueva para ella, estaba sonrojada.

Contento de que aprobara sus abdominales, torció los labios en una mueca divertida.

–Deja de mirarme así o te atacaré. Estás perfecta. Ponte una chaqueta y zapatos cómodos.

Cynthia fue al dormitorio principal y reapareció con chaqueta y zapatillas deportivas.

Él se había puesto vaqueros, un polo gris y deportivas. Completó el atuendo con una chaqueta de cuero, y salieron.

–¿Alguna pista de adónde vamos? –preguntó ella, ya en el ascensor.

–No.

Ella lo miró entre frustrada e intrigada.

Primero, subieron a un taxi y fueron a una pequeña pizzería en el distrito teatral. Era un local de mala muerte, al que Cynthia no se habría atrevido a entrar sola, pero sus pizzas eran de las mejores de la ciudad.

Después caminaron. Dos horas después, tras ver todo Manhattan, Will la sorprendió comprándole una camiseta I love NY.

Will estaba relajado. Esa tarde había decidido apagar el móvil. Antes de salir de la oficina, había informado a su asistente y mano derecha, Dan, de que esa noche estaría desconectado.

Cynthia se puso de puntillas para besarlo. En cuanto sus labios se encontraron, los ruidos de la ciudad se apagaron. Solo quedó la sensación de su pecho duro contra el de ella, del dulce sabor de su boca y la calidez de su piel.

Estaban en medio de la acera, Will la llevó hacia un hueco que había en la fachada y la apretó contra la pared.

Se inclinó hacia ella hasta que sus cuerpos parecieron fundirse en uno. Profundizó en el beso y se atrevió a deslizar la mano bajo su chaqueta para moldear uno de sus senos.

–Disculpen.

Will abrió los ojos y dio un paso atrás. Ambos dieron media vuelta y vieron a un oficial de la policía montada. Él los miró y movió la cabeza como si hubiera esperado ver a unos adolescentes, no a dos personas adultas.

–Times Square es una zona familiar –les dijo–. ¿Por qué no se buscan una habitación?

–Sí, agente –dijo Will intentando controlar las ganas de reír.

El policía se llevó la mano al casco e hizo que el caballo se pusiera en marcha.

Will volvió a apretarla contra la pared, pero no se atrevió a besarla por si no podía parar.

–Será mejor que volvamos a casa antes de que nos arresten –dijo Will, agitando la mano para parar un taxi.

Cynthia sonrió y arqueó la espalda para clavarse contra él una vez más. Will apretó los dientes para controlar su excitación.

–Sube al taxi, desvergonzada.

Capítulo Ocho

Will había probado a Cynthia y quería más, su deseo crecía día a día.

Antes de que él se fuera a la oficina y ella se encerrara en su taller, desayunaban juntos. Cuando él regresaba a casa la apartaba de la máquina de coser para cenar. Tras recoger los platos, ella volvía al taller a trabajar en su vestido. Will entendía que el vestido era tan importante para ella como su periódico para él.

Pero cada noche se acostaba oyendo el runrún de la máquina de coser y anhelando tenerla en sus brazos. Afortunadamente, su celibato estaba a punto de finalizar. Esa noche era la fiesta y Cynthia desvelaría su obra de arte.

Abrochó el último botón de ónix de la camisa, ajustó la corbata y se puso la chaqueta del esmoquin. Estaba listo.

Cynthia, en cambio, llevaba más de una hora en el cuarto de baño. Había oído el ruido del agua, el del secador de pelo y después un largo silencio. Preguntándose qué hacía.

Miró el reloj de pulsera. Aún faltaban unos minutos para que llegara la limusina que los recogería abajo. Se sentó en el sofá a esperarla.

Un momento después, oyó el taconeo de sus zapatos en el pasillo. Will alzó la mirada y se atragantó. No había palabras para describir lo impresionante que estaba. Se puso en pie, boquiabierto. Cynthia le sonrió y giró lentamente para ofrecerle una perspectiva completa.

El vestido verde resplandecía bajo la luz que incidía en las perlas. Acariciaba cada curva de su cuerpo y el escote ofrecía una deliciosa vista del principio de la curva de sus senos.

Lucía un collar de esmeraldas que él le había regalado cuando la hicieron socia de la agencia publicitaria. Era una intrincada cadena de oro con unas veinte esmeraldas engarzadas. La central, más grande y con forma de lágrima, acariciaba el inicio del canalillo de entre sus senos.

Pero nada brillaba tanto como ella. Tenía el pelo oscuro recogido en un moño y sujeto con peinetas doradas. El recogido cedía el protagonismo a la belleza pálida de su rostro. En las orejas llevaba pendientes de esmeraldas, a juego con el collar, que resaltaban el verde y dorado de sus ojos. El maquillaje de sombras de tono humo le daba un aspecto sexy y misterioso.

Estaba deslumbrante. Él sabía que la preocupaba no tener el mismo aspecto que antes del accidente, pero su resplandeciente sonrisa y su personalidad hacían que brillara más que nunca. Ya le habían quitado el aparato del brazo izquierdo y los brazaletes de oro ocultaban la cicatriz. Quien la viera por primera vez, la consideraría perfecta.

—Una belleza —consiguió decir—. Y el vestido tampoco está mal.

87

–Gracias –se sonrojó con el cumplido. Por primera vez, él vio que el rubor descendía por su cuello hasta el pecho, tiñendo la parte superior de sus senos de un atractivo color rosado. Deseó lamer su piel y enterrar el rostro en el profundo valle que había entre ellos.

Se removió, incómodo, al sentir la presión de la cremallera del pantalón en su erección. Decidió que pensar en sus senos era mala táctica si quería soportar las horas siguientes.

–¿Estás lista?

–Sí –Cynthia recogió un bolsito negro y un chal que había sobre la mesa.

Will le ofreció el brazo y salieron del piso.

–Estás deslumbrante. Me va a costar mucho no arrancarte ese vestido antes de llegar a la fiesta –dijo él, en la oscuridad de la limusina.

–¿Quieres que me aleje un poco? –preguntó ella con una sonrisa.

–No te atrevas –gruñó él, pasándole un brazo por los hombros y deslizando el otro sobre su cadera para acercarla más. Quería colocarla sobre su regazo, sentir esos labios bajando por su estómago. No sabía cómo iba a poder esperar cuatro o cinco horas antes de tenerla.

–¿Puedo ofrecerte algo como anticipo?

–¿Qué tienes en mente? –Will arqueó una ceja.

–De momento, solo un beso –posó una mano en su mejilla–. Para que lo recuerdes en la fiesta cuando estés mortalmente aburrido y quieras irte.

Alzó la boca hacia él. Él sintió sus labios blandos y suaves, con sabor a melocotón. Lo embriagó sentir cómo profundizaba el beso y acariciaba su lengua.

Dejó que ella llevara la iniciativa porque sabía que si la tocaba no podría controlarse y le arruinaría la fiesta a Pauline.

–Vas a necesitar reponer ese brillo de labios de melocotón –le dijo, cuando se apartó.

–Gracias –ella rebuscó en su bolsito.

Cuando la limusina se detuvo en la puerta del hotel, sus labios volvían a estar brillantes y perfectos, y él había controlado la intensa erección que no le habría permitido bajar de la limusina.

La fiesta era un caos total. Digno y elegante, pero caos aun así. Los padres de Cynthia estaban saludando a los invitados que entraban a la pista de baile y su llegada fue el inicio oficial de la locura.

Will tenía la sensación de que Cynthia había esperado pasar desapercibida a la entrada para ir aclimatándose, pero Pauline anunció su llegada en voz alta. Will notó su tensión cuando empezaron a acercarse a saludarla; todos eran conscientes de la situación y se presentaban con amabilidad, pero aun así, ella se encontraba entre un mar de desconocidos. Decidió no apartarse de su lado.

–¡Oh!, Cynthia –casi gritó una mujer que se acercó a abrazarla–. Estás absolutamente preciosa, cariño. ¡Oh! –siguió, al ver que Cynthia la miraba desconcertada– disculpa, lo había olvidado. Soy Darlene Winters. Soy la editora jefe de moda de la revista *Trend Now*. Hace años que trabajamos juntas en las campañas publicitarias para la revista.

Cynthia asintió. Will notó que su nerviosismo adquiría un matiz distinto. Una mujer como Darlene

Winters podía dar el empujón a su sueño de convertirse en diseñadora de moda.

–Deja que te mire –Darlene dio un paso atrás–. El vestido es impresionante. ¿De qué modisto es?

Cynthia abrió la boca, pero estaba muda. Al ver el pánico en sus ojos, Will decidió intervenir.

–Estás viendo un Cynthia Dempsey original, Darlene. Diseñó y montó el vestido ella misma.

El rostro de Darlene se llenó de sorpresa.

–¿Ahora te dedicas al diseño? Eso es fabuloso.

–Sí –dijo Cynthia, después de que Will le diera un golpecito–. Estoy trabajando en mi primera colección. Este vestido es la pieza central. Estoy muy orgullosa de él.

–Tienes razones para estarlo, cielo. No quiero entretenerte ahora, la fiesta es en tu honor, pero llámame. Me encantaría reunirme contigo la semana que viene y echar un vistazo a tu trabajo. Este vestido hace que se me caiga la baba.

–¿Eso ha ocurrido? –le susurró Cynthia a Will cuando Darlene desapareció entre la gente.

–Sí –corroboró él con una sonrisa. Plantó un beso suave en los labios de melocotón–. No temas hablarle a la gente de tu trabajo. Es brillante.

Ella le sonrió con ojos húmedos de lágrimas de nerviosismo y emoción. Su sueño empezaba a ser algo muy importante para ella y él parecía dispuesto a apoyarla en cuanto necesitara.

La orquesta empezó a tocar una melodía popular y muchas parejas pusieron rumbo a la pista de baile. Él necesitaba tomar al menos una copa para soltarse, así que decidió aprovechar que había menos gente en el bar.

–Vamos a por algo de beber. Eso nos relajará –le rodeó la cintura a Cynthia con un brazo.

Cuando llegaron al bar, Will reconoció el cabello rubio del hombre que había ante ellos.

–¿Alex? –saludó.

–Hola, Will –contestó Alex dándose la vuelta con una copa en la mano. Recorrió a Cynthia con la mirada, deteniéndose en su escote más de lo que a Will le pareció correcto.

–Cynthia –dijo Alex con una sonrisa. En un instante, la pantera acechante se transformó en el hombre encantador que adoraban las ancianitas–. Estás maravillosa –Alex alargó la palabra al máximo y se inclinó para besar su mejilla.

Cynthia se sonrojó y Will tuvo que controlar el deseo de apretarla más. Sabía que Alex tenía un código ético muy estricto, y seducir a la mujer de un amigo estaba prohibido. Cynthia estaba a salvo, a diferencia de cualquier otra mujer de la sala…

–¿Cyndi? –Emma, la hermana de Cynthia, sonreía con entusiasmo. Se parecía mucho a su hermana, con perfecta piel pálida, pómulos altos y cabello oscuro y brillante. Por fortuna, el aparato de ortodoncia dejaba claro a todos, incluidos los tipos como Alex, que, a pesar del diminuto vestido y el maquillaje, era menor de edad.

Cynthia sonrió y abrazó a su hermana, que tiró de ella para comentarle algo en privado.

–Veo que ya te la has trajinado –dijo Alex, con una sonrisa irónica.

–Eres un grosero –Will suspiró y movió la cabeza–. ¿Te importa decirme cómo lo has sabido?

–Tienes problemas graves, amigo –Alex le lanzó una mirada entre divertida y preocupada.

–¿Problemas? –Will frunció el ceño.

–Sí. Te ha atrapado. Lo noto cuando la miras. Diría que estás a un paso de perderte del todo.

Will tomó un sorbo de su copa, esperando que el alcohol acallara las campanas de alarma que habían hecho sonar las palabras de su amigo.

–No seas ridículo –estaba dándole una segunda oportunidad a la relación, pero con cautela, para no meterse en algo de lo que podría arrepentirse.

–Deja ya de luchar contra ello, hombre –Alex le dio una palmada en la espalda–. No hay nada equiparable a perderse por una mujer bella. Se te ve feliz a su lado. Hazte el favor de disfrutarlo, por una vez –le guiñó un ojo, se despidió de Cynthia agitando la mano y desapareció entre la gente.

Después de una hora o así, Cynthia por fin se sintió lo bastante valiente como para dejar a Will y explorar por su cuenta. Había picoteado y bebido, permitido que sus padres le presentaran a un millón de personas y escuchado, con vergüenza, una ronda de discursos en su honor.

En ese momento estaba sola, algo alejada de la gente, sorbiendo una copa de vino para relajarse. Una mano masculina le agarró el codo y tiró de ella, llevándola detrás de un biombo decorativo. Pensando que era Will, se dejó hacer, pero se quedó helada al ver que se trataba de otro hombre.

Reconoció a Nigel por las fotos que había visto en

su despacho, aunque no parecía tan feliz como en la playa. Sus grandes ojos marrones reflejaban la misma ira que su mandíbula sin afeitar. Tenía el pelo rubio revuelto, y lucía un esmoquin obviamente alquilado en el último momento, porque le quedaba grande. En las fotos había tenido un cierto encanto tosco e infantil, pero en ese momento no sabía que podía haber visto en él.

–Se te ve muy elegante –dijo él con tono burlón–. Ese collar pagaría tres años de alquiler de mi estudio en el Bronx.

–Quítame la mano de encima –dijo ella, con la voz tan gélida como pudo.

–Ni en broma, cielo. Si lo hago correrás de vuelta a los brazos de tu rico prometido.

–Te dije por teléfono que no sabía quién eras y no teníamos nada que hablar –intentó liberarse, pero él apretó los dedos–. ¿Cómo has entrado?

–Usé mis últimos cien dólares para alquilar este esmoquin y sobornar al portero –Nigel sonrió, aparentemente orgulloso de su gesta.

–¿Por qué? ¿Qué quieres?

–Quiero recuperar a la mujer a quien amo –repuso, taladrándola con la mirada.

–La mujer a la que amabas murió en ese accidente de avión. Puede que haya sobrevivido físicamente, pero soy otra persona.

–¿Crees que puedes desecharme porque no soy William Reese Taylor Tercero? –comentó él con sorna–. Dijiste que me amabas.

Cynthia vio que una sombra de tristeza oscurecía

sus ojos. Habían compartido algo, algo que seguía siendo importante para él. Lo compadecía, pero a ella le importaba Will y no iba a echar a perder su segunda oportunidad.

–No sé qué tipo de relación teníamos, pero se acabó. Dijera lo que dijera en el pasado, ya no importa. Estoy intentando arreglar las cosas con Will.

–Te arrepentirás de haberme utilizado, Cynthia –dijo él, soltándola y yendo hacia la salida.

Cynthia se apoyó en la pared y, aliviada, alzó las manos para ocultar su expresión, mezcla de miedo, tristeza y gratitud por su marcha. Inspiró profundamente y se tocó la zona del brazo en la que él le había clavado los dedos. Volvió hacia donde había dejado su copa y dio un largo trago.

–¿Calabacita?

–¿Sí, papá? –Cynthia se volvió hacia su padre, que se acercaba con expresión preocupada.

–¿Qué ha pasado? ¿Llamo a seguridad?

–No, no. No ha sido nada –lo último que quería era llamar la atención sobre el incidente.

–Pues eso parece algo –su padre miró la marca roja que Nigel le había dejado en el brazo.

–Ha sido un malentendido.¿Dónde está mamá?

–La dejé hablando con esa pesada del club de campo. Esas conversaciones suelen salir caras.

Cynthia asintió, ya más tranquila.

–Voy a buscar a Will. Espero poder convencerlo de que me lleve a casa. Estoy agotada. Más te vale rescatar a mamá o acabarás siendo propietario de una casa en un viñedo.

–De acuerdo –le dio un gran abrazo–. Si necesitas que me ocupe de ese tipo, llámame.

–Suenas como un mafioso, papi –se apartó y le sonrió–. Todo va bien, en serio.

–Vale. Estás guapísima esta noche, calabacita. Espero que lo hayas pasado bien –besó su mejilla y se marchó en busca de su esposa.

Cynthia, sola de nuevo, fue al bar a por otra copa de vino blanco. Cerró los ojos, tomó un sorbo e inspiró profundamente.

–Aquí estás –susurró Will cerca de su oreja.

–Hola –forzó una sonrisa y se volvió hacia él–. ¿Lo estás pasando bien?

–Nunca me han gustado estas cosas –se encogió de hombros–. La fiesta es en tu honor y por eso es la mejor del mundo, pero preferiría sacarte de aquí e investigar lo que hay bajo ese vestido.

La pasión ardiente de sus ojos azules prometía mucho. Sentir la calidez de sus manos borró por completo la preocupación de hacía un momento. Solo con tenerlo cerca y captar su aroma, Cynthia deseaba ronronear como un gatito. Iba a sugerirle que la llevara a casa cuando se miró el reloj.

–Supongo que no podemos seguir evitándola.

–Evitar ¿qué? –Cynthia lo miró confusa.

–La pista de baile. Ven –le ofreció la mano–. Tenemos que bailar al menos una vez antes de irnos. Pauline ha pagado mucho a la orquesta.

–Creo que no sé bailar –le confió ella, mientras la conducía a la pista. No quería hacer el ridículo.

–No te preocupes, no soy ningún Fred Astaire.

Llegaron al centro de la pista. Will le agarró la mano de Cynthia, rodeó su cintura con un brazo y la atrajo hacia sí.

Ella apenas podía pensar estando tan cerca de él. Era una canción lenta y los pasos sencillos, pero estaba pendiente de su guapo compañero.

–Voy a tener que vigilarte mejor esta noche –le susurró Will al oído, unos minutos después.

–¿Por qué? –Cynthia, preguntándose si la había visto con Nigel, intentó ocultar el pánico.

–Porque todos los ojos están puestos en ti y los hombres babean al ver cómo ese vestido parece fundirse con tu cuerpo –bajó la mano hasta la curva de su cadera y ella sintió un cálido cosquilleo ascender por su espalda.

–Mmm. Soy buena modista –murmuró, pensando que tal vez Nigel no hubiera arruinado la velada. Todo su cuerpo estaba pendiente de Will y quería más. Había renunciado a sus caricias demasiados días–. ¿Cómo sabes que no te miran a ti? Tú también estás muy guapo esta noche.

–Gracias por el cumplido. Pero esta noche es tuya. Y te la mereces.

–¿Por qué? ¿Por no haber muerto? –preguntó Cynthia, sorprendida. Había tenido suerte, pero no creía merecer haberse salvado.

–Eres una luchadora. Me asombra lo bien que has manejado lo que te ha ocurrido estos últimos meses. No creí que fueras tan fuerte, supongo que te infravaloraba. Estaba demasiado ocupado para ver quién eras en realidad, solo veía lo que tú querías que viera, yo y todos los demás.

Will dejó de girar, y le alzó la barbilla con la mano para que no pudiese evitar su mirada.

–Ahora te veo, Cynthia. Y me gusta lo que veo.

Cynthia estaba atrapada en los ojos azules que la miraban con adoración. Era lo más bonito que él le había dicho. No era una declaración de amor, pero era un paso en la dirección adecuada. Seguía soñando con un futuro en común, pero sabía que requería tiempo. Quizás la relación no estuviera tan dañada como había creído y les esperara un futuro lleno de amor y risas.

Allí de pie, rodeada por el brillo de las arañas de cristal y la música de la orquesta, sintió que se le escapaba el corazón. Apenas conocía a Will, pero le daba igual. Sabía que era honesto y bueno. La apoyaba y protegía de un mundo que parecía atacarla. Era un hombre merecedor del amor que hacía que su pecho pareciera a punto de estallar.

Cynthia lo amaba de verdad. Quería decírselo, pero sabía que era demasiado pronto. La noche había sido como una montaña rusa emocional y tenía que concluir en brazos de Will. En su cama. Tal vez allí encontraría el coraje para expresar lo que sentía.

–Bésame –pidió. Él no dudó en obedecer.

Se fundió con él, olvidando su maquillaje y que cientos de personas los observaban. Solo existían ellos, dos enamorados en una burbuja que nadie, ni siquiera Nigel, podía reventar.

Cuando pararon para respirar, Cynthia tenía claro que no podían seguir allí un segundo más.

–Ya hemos bailado. Llévame a casa, tenemos cosas que hacer –exigió, con una sonrisa traviesa.

Capítulo Nueve

En la limusina, Cynthia miraba a Will como si pensara que iba a lanzarse sobre ella en cualquier momento, pero él no iba a iniciar nada que no pudiera llevar a término. Ella no iba a quitarse el vestido antes de subir a casa, y lo mataría si se lo arrancaba del cuerpo, así que había que esperar.

Un poquito de expectación no hacía mal a nadie. Lo había comprobado esos últimos días.

Pero Cynthia no estaba dispuesta a dejar las cosas así. Se cambió al asiento que había frente al de él. No tenerla al lado ayudaba, pero así se veía obligado a mirarla. Justo lo que ella pretendía.

Ella, lentamente, se subió el vestido hasta la rodilla. Él captó un destello de muslo blanco cuando dejó caer los zapatos de tacón y extendió un pie pálido y delicado hacia él. Lo apoyó en su tobillo y lo deslizó hacia arriba, acariciándolo.

Él se tensó cuando el pie llegó hasta la parte interna de su muslo. Will estaba erecto, anhelando el contacto. Los ojos verdes destellaron con malicia y los labios se curvaron cuando los dedos del pie tocaron la base de su miembro y lo recorrieron hasta el final, con agonizante lentitud.

Will soltó un gruñido y cerró los puños. Gracias a

Dios, habían cerrado la pantalla de privacidad de la limusina. No quería que el conductor lo oyera y no podía evitar gemir mientras ella seguía acariciándolo con el pie, volviéndolo loco de deseo.

Se ordenó no tocarla hasta que no estuvieran en casa. Estaban a punto de llegar.

–Oh –Cynthia hizo un mohín cuando la limusina se detuvo ante su edificio–. Justo ahora que empezaba a divertirme.

Will suspiró con alivio cuando se bajó el vestido y volvió a ponerse los zapatos. Salieron de la limusina y llegaron arriba en tiempo récord. La puerta se cerró a su espalda justo cuando él pensaba que explotaría si no la tocaba ya.

Pero ella dio unos pasos hacia atrás y le hizo un gesto para que se quedara donde estaba. Él se apoyó en la puerta y se aflojó la corbata, adivinando lo que estaba por llegar.

Ella se llevó las manos al cuello y se desabrochó el collar, exponiendo la ancha y cremosa piel de su pecho y cuello. Lo dejó en una mesita y se quitó, pieza a pieza, pendientes y brazaletes.

Con una sonrisa malvada, le dio la espalda, le guiñó un ojo por encima del hombro y llevó las manos a su cabello. Quitó las peinetas y horquillas y dejó que los rizos castaño oscuro cayeran como una cascada sobre sus hombros.

Después, empezó a bajar la cremallera de la espalda del vestido, desvelando su piel centímetro a centímetro. A él se le desbocó el pulso. La cremallera acababa en la base de su columna vertebral. Él no se perdía detalle, y no veía evidencia de ropa interior bajo el vestido. No llevaba sujetador y, por lo visto, tampoco bragas.

–Caramba –musitó, con la garganta seca. Durante toda la noche, solo la elegante tela verde se había interpuesto entre ellos.

Sujetándose el vestido contra el pecho se volvió hacia él. Apretaba tanto los brazos que sus senos amenazaban con desbordarse por encima del escote. Tenían un tinte rosado, como su rostro y su cuello. A él le hizo sonreír que se estuviera esforzando tanto cuando, obviamente, sentía vergüenza. Iba a decirle que lo estaba haciendo muy bien cuando sus ojos se encontraron y el vestido cayó al suelo, alrededor de sus pies.

Tal y como había intuido hacía muy poco, esa noche solo había llevado vestido y zapatos. Si él lo hubiera sabido antes, no habrían llegado a la fiesta.

Ella sacó los pies del tejido que los rodeaba y exhibió su grácil cuerpo desnudo por primera vez. La expresión de su rostro denotaba una mezcla de nerviosismo y excitación. Cynthia se le estaba entregando plenamente. Hasta esa noche se había retraído y envuelto de oscuridad; pero en ese momento las curvas de su vientre y caderas lo llamaban a gritos. Sus pechos se tensaban hacia él con los pezones erectos.

Aunque su cuerpo lo urgía a cerrar la distancia que los separaba, se contuvo. Por más que la deseara, esa noche iría despacio. Se apartó de la puerta, se quitó la chaqueta y la colgó en el perchero. Avanzando hacia ella, paso a paso, se quitó la corbata y la dejó caer al suelo. Luego empezó a desabotonar la camisa.

Cuando llegó ante ella, estaba abierta hasta la cintura. Cynthia alargó el brazo, pegó un tirón para sacarla del pantalón y la deslizó hombros abajo. Sus manos siguieron el camino de la tela por sus brazos, acariciando bíceps, codos y antebrazos, hasta que la camisa cayó al suelo.

Will permitió que sus manos exploraran los músculos de su pecho y abdomen, pero no tardaron en regresar a su cinturón para desabrocharlo. Ella introducía la mano en la cinturilla cuando agarró su muñeca y se lo impidió.

—Quiero tocarte —protestó ella con un mohín que él borró con un beso.

Cynthia apretó el cuerpo desnudo contra el suyo, y Will soltó su muñeca para que pudiera rodear su cuello con los brazos. Sintió la presión de los pezones erectos y cómo sus senos se aplastaban contra su pecho.

Labios, lenguas y dientes bailaron mientras él recorría su cuerpo desnudo con las manos.

Cuando moldeó unos de sus senos, ella gimió contra su boca y movió las caderas para apretar el vientre contra su pulsante erección. Él cerró los ojos y disfrutó del placer del contacto.

Ella aprovechó la pausa para deslizar la boca por su mandíbula y descender por su cuello depositando suaves besos en su piel ardiente. Para su sorpresa, lo mordió en la intersección entre cuello y hombro, provocándole una corriente de placer que casi alcanzó el límite cuando calmó la zona herida con su sedosa lengua.

Will se inclinó y alzó a Cynthia en brazos. Ella dio un gritito de sorpresa, rio y le besó el cuello al ver que ponía rumbo hacia el dormitorio.

Abrió la puerta de una patada, encendió la luz y la depositó sobre la cama.

Will dio un paso atrás para admirar su belleza. Era todo un regalo y había tardado demasiado tiempo en apreciarlo. Esa mujer era cuanto quería. Cuatro meses antes nadie lo habría convencido de que llegaría a estar ante una Cynthia desnuda y deseosa, al tiempo que él ardía de una excitación casi desconocida en su experiencia.

Era tan bella que se enorgullecía de que fuera suya. Estaba tan llena de vida y energía que deseaba compartir su vida con ella. Ser su pareja, su amante. Alex tenía razón. Will estaba perdido. A pesar de los pesares, se había enamorado locamente de una mujer que hacía que deseara volver a casa cada día y que quisiera vivir la vida, en vez de limitarse a publicar sobre ella.

Tenía que poseerla, en cuerpo y alma, no podía esperar ni un minuto más. Así que se libró del resto de su ropa, sin dejar de mirarla.

Cynthia lo observó con los párpados bajos mientras se desnudaba, pero cambió de expresión al ver la orgullosa erección que se tendía hacia ella. Entreabrió los labios húmedos y se sonrojó de placer. Sonriente, curvó el dedo animándolo a reunirse con ella en la cama.

Él no dudó en cumplir sus deseos.

***

Cynthia contuvo el aliento mientras Will subía a la cama y la cubría con su musculoso cuerpo. La calidez de su piel la abrasó, pero él se mantuvo en vilo, rozando apenas sus pezones con el pecho y su estómago con su firme erección.

Tan cerca, pero tan lejos. Ella extendió los brazos para tocarlo, pero él retrocedió hasta situarse entre sus piernas. Deslizó las manos por sus pantorrillas, cosquilleándola mientras ascendía. Se arrodilló y siguió a las manos con la boca, empezando con un beso en la parte interior de sus tobillos y siguiendo hasta las rodillas.

Tal vez las rodillas no fueran una zona erógena, pero todo el cuerpo de Cynthia era receptivo a sus caricias. Cuando le abrió los muslos con gentileza y expuso su húmedo centro de placer, ella empezó a temblar. Se moría de deseo por él.

Para cuando sintió su cálido aliento en los oscuros rizos femeninos, pensaba que el más mínimo roce la llevaría a saltar a un abismo de placer. Will empezó explorando con la mano y siguió con el borde del dedo, antes de introducirlo en su interior. Los músculos internos de ella se contrajeron, atrapándolo, desesperada por el contacto. Pero no quería eso, lo quería a él, entero.

Él acercó la cabeza y lamió el punto más sensible, provocándole oleadas de placer. Cynthia se estremeció y alzó las caderas buscándolo, para retirarse cuando la intensidad la superaba.

–Te necesito –susurró.

–Y me tendrás –dijo él, ronco–. Pero antes quiero divertirme un poco.

Ella gimió cuando, con dedos y lengua, la llevó casi

al límite. No quería llegar al clímax sin él. Esa noche había admitido para sí que lo amaba. Se había entregado por completo. Quería que sus primeros gritos de placer como mujer enamorada se fundieran con los de él.

–No sin ti. Esta noche no, Will.

Por fin, él hizo caso de sus súplicas. Ascendió y se situó entre sus muslos. Al verlo sacar un preservativo del cajón de la mesilla, Cynthia agradeció que el deseo no le hubiera hecho perder la cabeza del todo, como a ella.

Un momento después, él la penetraba y se hundía en su interior. Era maravilloso sentirse unida al hombre al que amaba. Tanto que tuvo que luchar contra las lágrimas que la atenazaban. Quería decir lo que sentía, pero él empezó a moverse y el momento de hablar quedó atrás.

Will, soportando su peso con los codos, descendió sobre ella. La besó mientras se mecía. Sus cuerpos parecían fundirse en uno. Cynthia sentía cada movimiento de sus músculos, su tensión para no dejarse ir. No quería que se controlara, quería tenerlo entero, sin restricciones.

–Ámame al máximo. No te controles –musitó contra su mandíbula.

Will, sin contestar, hundió el rostro en su cuello. Ella sentía sus respiración entrecortada en la piel, abrasándola, y la rigidez creciente de su cuerpo mientras aceleraba el ritmo. Una deliciosa descarga de chispas de placer se acumulaba en su vientre, buscando el estallido. Cynthia rodeó su cintura con las piernas y se aferró a su espalda. El cambio de ángulo facilitó una penetración más profunda y él rugió de placer.

–¡Will! –gritó ella, incapaz de aguantar un segundo más. La embestida siguiente hizo que su cuerpo se contrajera con convulsiones, y sus músculos internos se tensaran alrededor de su miembro. Él se movió un par de veces más y, por fin, estalló con un rugido de éxtasis que vibró contra la piel húmeda de su cuello.

Se quedaron inmóviles unos instantes, un batiburrillo de extremidades y sábanas revueltas. Cynthia intentó llenar sus pulmones de aire, sin éxito. Sus músculos estaban demasiado cansados y su corazón rebosante de emociones no expresadas. Cuando abrió los ojos, Will la contemplaba.

–Has estado increíble esta noche –dijo él, apoyándose en un codo y apartándole un mechón de pelo húmedo de la frente–. Te preocupaba ver a toda esa gente pero encajaste de maravilla. Pura gracia y elegancia. Todas las mujeres del salón querían llevar tu vestido y que les quedara la mitad de bien que a ti. Y los hombres… –hizo una pausa–. Digamos que he sido yo quien ha vivido sus fantasías esta noche.

–Yo también he vivido mi fantasía esta noche.

Will sonrió y besó sus labios con suavidad. Después, estiró el brazo y subió el edredón, acurrucando a Cynthia contra su pecho. Se durmieron con la luz encendida y la ropa tirada por toda la casa.

Cynthia se despertó poco antes del amanecer. Se movió un poco para librarse del brazo de Will y se sentó al borde de la cama.

–¿Estás bien? –preguntó él, adormilado.

–Sí. Solo tengo sed. ¿Quieres agua?

–No, gracias.

Cynthia se levantó y caminó desnuda hacia el cuarto de baño. En el umbral, se volvió para mirar a Will. Esperaba verlo dormido de nuevo, pero estaba apoyado en un codo con la vista clavada en su trasero y el ceño fruncido.

–¿Pasa algo malo? –le preguntó.

–No –dijo él, escrutando su rostro.

El tono de su voz la desconcertó, pero tenía demasiado sueño para preocuparse. Entró al baño, bebió un vaso de agua y se lavó la cara y los dientes. Satisfecha, apagó la luz y volvió a la cama para dormir en brazos de Will hasta el mediodía.

Él se había tumbado de espaldas y tenía los ojos cerrados. Apoyó la cabeza en su pecho, pensando que nunca se había sentido tan feliz. Descubrir su pasión por la costura y el diseño no era nada en comparación con descubrir su pasión y amor por Will. Esa noche había obtenido lo que buscaba cuando le devolvió el anillo de compromiso: una oportunidad de volver a empezar y ser felices juntos.

–Te quiero –susurró un buen rato después, pensando que estaba dormido. Luego se tumbó de lado, cerró los ojos y se rindió al sueño.

Will no dormía. Diez minutos antes le habría gritado al mundo que estaba agotado y feliz con la mujer a quien amaba entre los brazos. Su empresa iba bien y su vida amorosa iba mejor que nunca. Sin embargo, todo eso le había sido arrebatado en un instante. Confusión y rechazo se unían en la neblina adormilada de su cerebro. Lo que había visto era imposible. Incomprensible. Pero innegable.

El tatuaje de la rosa había desaparecido.

Lo había odiado desde el día en que ella se lo hizo. El último año de facultad, Cynthia y sus compañeras de clase habían ido de vacaciones a Cancún. Entre sol, mar y tequila, había decidido conmemorar el viaje con un tatuaje en el trasero.

Era bonito y estaba bien hecho, pero no dejaba de ser una rosa roja en la nalga izquierda. Él había intentado ignorarlo a lo largo de los años.

Casi lo había olvidado. Hasta que no lo vio.

Había sido como recibir un puñetazo en el estómago ver que no había ni rastro de tatuaje. Cuando ella le preguntó si pasaba algo malo, había sido incapaz de decirle la verdad.

Pasaba algo más que malo: ella no era Cynthia Dempsey, y eso era un problema.

De pronto, su mundo se había desintegrado La mejor relación que había tenido nunca se sustentaba en mentiras. Todo lo que habían dicho y hecho esas últimas semanas no significaba nada.

¿Con quién acababa de hacer el amor? ¿Quién era esa mujer, esa falsa Cynthia, y cómo había acabado viviendo la vida de otra mujer? Los médicos decían que tenía amnesia. ¿Sabría ella que no era Cynthia? ¿Era un trágico malentendido o estaba aprovechándose de las circunstancias?

Había tenido miedo de bajar la guardia porque temía que Cynthia pudiera volver a herirlo. Pero tras dar el salto había descubierto un dolor mayor. La mujer a quien amaba, la que se había metido bajo su piel y le había hecho cuestionar su forma de vida, no era Cynthia. Había retirado sus barreras protectoras y su misteriosa amante le había destrozado el corazón, mientras que Cynthia tan solo había tenido poder para agrietarlo.

Tuvo que hacer acopio de toda fuerza para tragarse el dolor y las palabras cuando ella se acurrucó contra su pecho, inconsciente de lo que ocurría. Su mente era un torbellino que revivía cada conversación, cada caricia, intentando dirimir si había sido algo obvio y su luz lo había cegado.

No era raro que Cynthia lo hubiera engañado con otro. Llevaba con ella desde la universidad pero apenas la conocía. Se había desvinculado de la relación hasta el punto de no ser capaz de distinguirla de otra persona. Tendría que haber notado la diferencia, por muy buen trabajo que hubiera hecho el cirujano plástico. Era un idiota.

Will deseó sacudirla y empezar a lanzar acusaciones, pero eran las tres de la mañana y sabía que no obtendría respuestas. Por la mañana revelaría la verdad y escucharía lo que ella tenía que decir. Solo le quedaba intentar que el dolor que le quemaba el corazón no lo mantuviera despierto toda la noche.

Justo entonces, cuando pensaba que la situación no podía empeorar más, la mujer que yacía a su lado había afirmado que lo quería.

Capítulo Diez

La llegada del sol no había iluminado la perspectiva de Will. Durante toda la noche, segundo a segundo, el dolor y la confusión se habían ido transformando en ira y suspicacia. Se levantó a las siete y le dijo que había un problema con la edición dominical del periódico. No podía decirle que no quería estar a su lado. Era mal actor y no iba a enfrentarse a ella hasta tener toda la información. Quería jugar con ventaja, y eso suponía descubrir quién y qué buscaba.

Ella, ya no podía llamarla Cynthia, hizo un mohín y le dio un beso para que la tuviera en mente todo el día. Y sin duda la tendría, pero no como ella esperaba.

Cuando llegó a la oficina, pidió a su asistente de fin de semana que recopilara todos los artículos sobre el accidente de avión que habían publicado los periódicos. Pasó dos horas estudiándolos. No daban mucha información, aparte de detalles sobre el accidente en sí, la breve lista de supervivientes y las medidas que estaba tomando la aerolínea para que nunca jamás se repitiera un suceso parecido.

Eso no le servía de nada.

Fue a la sala de prensa en busca del periodista que había escrito sobre el tema para el *Observer*.

—Mike, ¿tienes un momento?

–¿Sí, señor Taylor? –el periodista se sorprendió al ver que lo buscaba el dueño del periódico.

–Necesito información sobre el accidente de avión de Cynthia. ¿Tienes por ahí algún material de la investigación para que eche un vistazo?

–Claro que sí –Mike hizo rodar la silla hasta el archivador y sacó una carpeta titulada «Vuelo 746 a Chicago»–. Todo lo que tengo está aquí, incluidos los faxes que envió la aerolínea.

–¿Hay una lista de pasajeros y asientos?

–Sí, señor.

–Excelente. Gracias, Mike.

Will llevó la carpeta a su despacho y hojeó las páginas. Según la información de vuelo, Cynthia ocupaba la plaza 14A, un asiento de ventanilla en clase turista. Eso era muy raro, pero un vistazo al pasaje de primera clase lo explicaba. Por lo visto un grupo de hombres de negocios japoneses había ocupado toda la sección. Seguramente Cynthia no se había fijado en su plaza hasta que fue demasiado tarde para cambiarla.

La persona que ocupaba el asiento contiguo, el 14B, era una mujer llamada Adrienne Lockhart. No había sobrevivido al accidente.

Will inició una búsqueda de Adrienne Lockhart en Internet. El primer resultado que obtuvo fue adriennelockhartdiseños.com, la página web de una diseñadora de moda de SoHo.

A Will se le contrajo el estómago. Una diseñadora de moda. Entró en la página y vio una nota anunciando el cierre de la tienda. La nota estaba fechada el día antes del accidente.

Will pinchó en el enlace «Sobre la diseñadora» y, antes de que la página terminara de cargarse, supo que estaba en el lugar correcto. Había una foto de una mujer sonriente de pelo oscuro. Casi podría haber sido hermana de Cynthia. Parecía tener la misma estructura, pero los rasgos faciales eran distintos. Adrienne tenía la cara más redonda y la nariz más ancha. No tenía los prominentes pómulos de Cynthia ni sus carísimos y perfectos dientes. Compartían el color de pelo, pero el de Adrienne era más ondulado.

Pinchó en la foto para agrandarla y estudiar lo que más le interesaba: los ojos. Se había convencido de que las motas doradas siempre habían estado allí y que él había dejado de fijarse en ellas. Pero no era el caso. Los ojos verde y oro que tenía ante sí eran los de la Cynthia de la que se había enamorado por equivocación.

La mujer que había en el piso era Adrienne Lockhart, no Cynthia Dempsey.

Se preguntó cómo podía haber ocurrido eso.

Obviamente, había habido algún error. Sabía que Cynthia odiaba la ventanilla, así que era muy probable que hubiera convencido a la persona de al lado para que le cambiase la plaza. Los daños sufridos eran enormes y las mujeres se parecían lo bastante como para que el equipo de rescate cometiera un error de identidad.

Adrienne se había despertado en el hospital, con una reconstrucción facial basada en los rasgos de Cynthia. Al principio había estado horrible, a pesar de los esfuerzos del doctor Takashi. Habían creído que era Cynthia porque los médicos decían que lo era. El error se habría solucionado rápidamente si ella hubiera dicho «No soy Cynthia Dempsey» en cuanto pudo hablar. Pero no había sido así. Había simulado confusión y le habían diagnosticado amnesia.

Por supuesto, lo había parecido. No reconocía a ninguna de las personas que iba a verla. Ni podía reconocer la casa o recordar datos sobre su vida y su pasado. Tenía sentido.

Pero tampoco recordaba su identidad real.

Antes del accidente de Cynthia, él siempre había creído que la amnesia era un cuento chino que se utilizaba en los seriales. Y tras conocer la verdad, volvía a pensar lo mismo.

La mujer de la página web había perdido su negocio y volvía a Wisconsin. Cuando subió a ese avión no tenía nada. Incluso si hubiera habido una confusión inicial al despertarse, en algún momento tenía que haberse dado cuenta de que había un error, pero había callado.

Tal vez la vida de lujo de Cynthia le había parecido glamurosa. Padres ricos, un ático en la zona más cara de la ciudad, un anillo de compromiso con un diamante de cinco quilates... era mucho mejor que volver a casa arruinada.

En unas cuantas semanas se había apropiado de la vida de Cynthia otorgándole el rumbo que quería para ella. No solo estaba diseñando milagrosamente bien para ser una novata, además tenía las conexiones para lanzar una colección.

Sin duda, había corrido un gran riesgo. No podía saber lo del tatuaje, pero podía haberse delatado de un millón de maneras. Seducirlo había sido su mayor estupidez. ¿Había creído que, cegado por el amor, no notaría las diferencias?

Tenía que admitir que había funcionado. Había quitado importancia a que los zapatos le quedaran holgados y que sus ojos parecieran más dorados. Había desechado sus dudas cuando ella aprendió a coser de un día para otro. Había ocultado su sorpresa por el asombroso cambio de personalidad. En realidad, había estado ciego. No había querido ver que ningún golpe en la cabeza podía haber convertido a la mujer fría e indiferente que conocía en la mujer vivaz y encantadora que lo había hechizado desde el primer día en el hospital.

Cabía la posibilidad de que todo fuera teatro. Si era lo bastante astuta para robar la identidad de otra persona, también podía simular ser dulce, cariñosa e inocente, con el fin de evitar preguntas.

Will dio un puñetazo en la mesa y se centró en el dolor que le recorría el brazo, eso era real. Cynthia o Adrienne, o quien fuera, lo había envuelto en una telaraña de mentiras y no sabía qué creer. Ella había vuelto su mundo del revés y le había declarado su amor para vivir la vida de otra mujer.

No permitiría que lo utilizara ni un segundo más. Cerró el portátil, se puso el abrigo y salió del despacho para volver a casa.

Cynthia estaba nerviosa. Tendría que haber estado en el séptimo cielo tras la noche que había pasado con Will, pero esa mañana había ocurrido algo extraño. Él casi la había evitado. No la había mirado a los ojos y no había reaccionado a su beso de despedida. Y había corrido a la oficina para solucionar un problema, en domingo.

Eso la intranquilizaba. Había creído que la noche anterior todo había ido bien. Pero quizás la había oído decir que lo amaba. Había estado segura de que dormía pero, ¿y si no era así? Tal vez se había precipitado.

Como el tiempo pasaba sin noticias de Will, Cynthia llamó a Darlene Winters. Lo correcto habría sido esperar hasta el lunes, pero necesitaba una distracción. La complació descubrir que la editora seguía interesada en ver su colección y le pedía que llevara tres prendas y sus bocetos a la sede de la revista *Trend Now* el martes siguiente.

El problema era que solo tenía tres piezas: el vestido de noche, el vestido camisero y un conjunto de falda y blusa. Si llevaba las tres no podría lucir uno de sus diseños; tendría que optar por alguna carísima prenda de su vestuario.

Fue al armario y miró las interminables filas de prendas. Eligió una falda morado oscuro. Le gustaba el color y la línea era similar a la de su colección. Pero seguía necesitando una blusa.

Pasó percha tras percha, pero nada le llamó la atención. De repente, captó una tela interesante con el rabillo del ojo. El destello morado y blanco provenía de una blusa de manga larga. Sacó la percha y le echó un vistazo. Era perfecta. Las rayas blancas y moradas acentuarían la falda, y algunos detalles del corte se parecían bastante a lo que pretendía utilizar en su colección. Curiosa, miró la etiqueta del cuello: «Diseños Adrienne Lockhart».

Miró el nombre fijamente, mientras su cerebro intentaba procesar la súbita descarga de información. Era como si una presa hubiera reventado. Todos los recuerdos la bombardearon.

Recordaba haber diseñado y cosido esa blusa. La mujer que la compró había ido a la boutique buscando un regalo de cumpleaños especial y diferente para una amiga que lo tenía todo.

Adrienne recordó su pequeña tienda, con paredes llenas de ropa diseñada y cosida por ella misma. El dinero del seguro de vida de su padre, que había destinado a montar el negocio. El dolor de empaquetarlo todo para enviarlo a Wisconsin, tras su fracaso.

Adrienne Lockhart.

La percha resbaló de sus dedos, pero no se molestó en agacharse para recogerla del suelo.

–Me llamo Adrienne Lockhart –lo dijo en voz alta y, por primera vez en dos meses, no sintió ningún cosquilleo de incertidumbre, como cuando oía o decía Cynthia Dempsey.

Lo cierto era que Cynthia Dempsey estaba muerta y enterrada en Wisconsin, bajo una lápida con el nombre de Adrienne.

La asoló un torbellino de emociones confusas. Llevaba meses viviendo una mentira. Se había enamorado del prometido de una mujer muerta. Había hecho el amor con él, creyendo que era otra persona. ¿Cómo iba a decirle la verdad? Él decía que le gustaba más que antes, pero ¿cambiaría eso cuando supiera que no era Cynthia Dempsey?

Nunca se había planteado recuperar la memoria y descubrir que era otra persona. Todo el mundo la creía muerta. Sin embargo, la familia y las amistades de Cynthia la creían viva y se alegraban de que estuviera bien. ¿Cómo explicarlo todo?

Una oleada de náuseas le atenazó el estómago. Corrió al cuarto de baño y vomitó el almuerzo.

No entendía por qué no había hecho caso del instinto que le advertía que esa vida no cuadraba con ella. Nunca había tenido dinero ni cosas caras. En Nueva York vivía en un piso del tamaño de un vestidor. En Milwaukee tenía una casita de tres dormitorios en las afueras, heredada a la muerte de su padre. Su mejor joya era una ristra de perlas que había pertenecido a su madre.

Apoyó la espalda en la pared y se limpió la boca, agradeciendo no llevar el anillo de compromiso en el dedo. Ese anillo pertenecía a una mujer de un mundo muy distinto. Una ejecutiva que tenía ropa cara y tarjetas de crédito sin límite. Una mujer horrible que engañaba a su prometido.

Su único alivio era saberse inocente de eso. Nigel era un desconocido, igual que todos los demás, Will incluido. Adrienne escondió el rostro entre las manos. Era una situación horrible.

—¿Cómo voy a decírselo? —gimió en voz alta.

—Como vas a decirme, ¿qué?

Adrienne alzó la cabeza y vio a Will en el umbral del cuarto de baño. Parecía distinto. No había suavidad en sus ojos, que parecían taladrarla. Tenía las manos metidas en los bolsillos y el cuerpo tenso como un muelle.

—Yo... —empezó, pero no supo cómo seguir. «He recuperado la memoria y no soy tu prometida. Siento haberme acostado contigo».

—¿Por qué no nos haces un favor a los dos y te sinceras, Adrienne?

Ella abrió los ojos, boquiabierta. Por lo visto había descubierto la verdad antes que ella.

—Acabo de recordar...

—No me vengas con el cuento de que acabas de recuperar la memoria porque te he atrapado.

—¿Atrapado? —a Adrienne se le encogió el corazón. La había preocupado que lo decepcionara saber que no era Cynthia, pero había esperado que entendiera el error y que sus sentimientos superasen el problema de identidad equivocada. El tono acusador de su voz puso fin a esas esperanzas. Parecía creer que ella lo había simulado todo, y estaba colérico.

—Debió de parecerte un golpe de suerte genial. Tu negocio había fracasado, estabas sin amigos, sin familia y sin dinero. Subiste a un avión y te despertaste siendo una heredera millonaria con un rostro nuevo y el centro de atención de todos,

—No —Adrienne se puso en pie con lágrimas en los ojos—. No fue así. No tenía ni idea de que...

—Y pensar que creía que habías descubierto un talento oculto como prodigio del mundo de la moda. ¿Planeaste desde el principio enseñarle tu trabajo a Darlene? ¿Querías utilizar las conexiones de Cynthia para lanza tu carrera?

–¿Por qué iba a hacer eso? No habría sido mi carrera sino la de Cynthia. Toda esta vida era de Cynthia. No me parecía encajar, pero todo el mundo me decía que antes o después recordaría.

–Es difícil recordar una vida que no has vivido.

–¿Cómo te has dado cuenta? –sus lágrimas se habían desbordado al oír el tono colérico de Will.

–No tendrías que haberme seducido, Adrienne. El doctor Takashi solo trabajó en tu cara. Corriste un gran riesgo al exhibirte desnuda ante mí.

Adrienne acusó el golpe. Nunca habría hecho eso de saber la verdad. Cynthia era delgada y elegante, ella no, y desnuda sería aún más obvio.

–¿Qué te convenció de que no era ella?

–Cynthia tenía una rosa tatuada. Tú no.

Eso explicaba la expresión que había visto en su rostro la noche anterior cuando escrutaba su trasero. Buscaba un tatuaje que ella no tenía. A diferencia de la vez anterior, habían hecho el amor con la luz encendida. Él lo había sabido en ese momento y ella había sido tan tonta como para decirle que lo amaba veinte minutos después.

–Claro que no. Me dan miedo las agujas. Nunca tendría el valor de hacerme un tatuaje.

–¿Pero sí para aprovecharte de una familia que tendría que estar llorando la muerte de su hija?

–No lo sabía –le parecía increíble que la creyera capaz de eso–. Te lo juro. Acabo de darme cuenta. En el vestidor encontré una blusa que…

–¡El vestidor! –rezongó Will, sin dejarla acabar–. Tendría que haberlo sabido el primer día que llegaste a casa. No conocías a tu propia madre pero sabías que te había tocado el premio gordo de la ropa de alta costura. Apuesto a que estabas deseando comprobar si usabais la misma talla.

–No. Todo lo que dije e hice fue real. Te entregué mi corazón, Will. Nunca habría hecho eso si todo fuera una mentira. No te haría daño a propósito como hizo ella.

–No te atrevas a criticar a Cynthia –Will enrojeció de ira–. Puede que no fuera perfecta, pero nunca simuló ser lo que no era.

–Simuló estar enamorada de ti –le devolvió Adrienne, enfadada–. Seguramente no le importabas ni la mitad que a mí. Estaba enamorada de un artista arruinado del Bronx. Solo te utilizaba como tapadera para que sus amigos de clase alta no supieran que había caído tan bajo.

Will movió la cabeza con aire de decepción.

–Nunca pensé que la mujer con la que he vivido estas semanas pudiera caer aún más bajo.

–Te quiero, Will –dijo Adrienne, que no sabía cómo convencerlo de que no le había mentido.

–Vete.

Adrienne sintió que el pánico la atenazaba. No esperaba esa reacción. No podía ser tan cruel como para echarla sin más. No tenía dinero, ni móvil, ni carné de conducir. Todo era de Cynthia, Adrienne lo había perdido todo en el accidente. Incluso si conseguía que su tía le enviara dinero, ¿podría comprar un billete de autobús sin identificación?

–Will, por favor –suplicó.

–¡He dicho que te vayas! –vociferó él.

Adrienne supo que la batalla estaba perdida. No podría convencerlo de la verdad. Asintió y fue hacia la puerta del cuarto de baño.

–Crees saber lo que ocurrió. Piensas que soy una persona horrible. Eso no puedo cambiarlo. Pero no miento. Me enamoré de ti de verdad.

Él le cedió el paso pero no la miró. Will había tomado su decisión, dado su veredicto y ejecutado la sentencia.

Vencida, Adrienne recorrió el pasillo, cruzó la sala y salió de la casa y de su vida.

Capítulo Once

Adrienne estaba ante el escaparate de lo que había sido su boutique. Un cartel anunciaba la inauguración de un GAP infantil. Podía imaginar la cara ropa de niño ocupando el lugar de sus bellas y artísticas creaciones. Deseó llorar. Deseó gritar y lanzar una piedra contra el cristal.

Ya había sido bastante malo perder la tienda. No todo el mundo tenía el talento necesario para triunfar, y tenía la madurez suficiente para aceptarlo. Pero por fin sabía que sí tenía el talento y que la red social de Cynthia habría lanzado su carrera a lo más alto. Aunque hubiera sido como Cynthia Dempsey, habría cumplido su sueño. Pero había vuelto a perder la oportunidad.

Igual que la había perdido con Will. Y eso era lo peor de todo. Seguramente nunca la perdonaría ni volvería a confiar en ella. Igual que cuando había descubierto que Cynthia lo engañaba, había apartado a Adrienne de su vida de un plumazo. Había terminado con ella. Y aunque después se lo pensara mejor, sería tarde. Adrienne estaría en Milwaukee, trabajando como costurera, o haciendo arreglos a vestidos de novia en una tienda.

Le había ido mejor cuando estaba muerta.

Se rodeó el cuerpo con los brazos; tenía carne de

gallina. Se había vestido para pasar el domingo en casa: vaqueros, camiseta de algodón y zapatillas deportivas. Tendría que haberse puesto un abrigo antes de salir, pero no había querido que Will la acusara de robar la ropa de Cynthia.

Daba igual. Ni el aire más gélido podía distraerla del dolor que sentía en el pecho. Creía haberlo perdido todo antes del accidente de avión, pero lo que había perdido desde entonces era mucho peor. El hombre al que amaba la odiaba. Las personas que la creían parte de su familia, la odiarían cuando se enterasen de la verdad.

Adrienne no sabía qué hacer. Paseó sin rumbo por las calles de su antiguo barrio de SoHo. Habían pasado horas y el sol estaba a punto de ponerse. Su mejor opción sería pedirle a Gwen que la acogiera hasta que consiguiera dinero para volver a casa. Pero no llevaba encima su número de teléfono. También podía provocar algún infarto apareciendo sin avisar en casa de una de sus antiguas amistades, que la creían muerta, o buscar un albergue para gente sin hogar.

Iba a pasar de un ático de lujo a una litera en habitación compartida en unas pocas horas. Nadie creería que se había despertado creyendo que el mundo era suyo: estaba enamorada, su carrera iba a despegar y su única inquietud era la persistencia de su amnesia y lo que podía suponer en su vida.

Como allí parada no solucionaba nada, puso rumbo hacia el hospital, rezando para que Gwen tuviera turno de noche. Giraba hacia Greenwich Village cuando sintió una mano sobre su hombro.

Por lo visto, había llamado la atención de algún maleante. Giró en redondo, dispuesta a defenderse, y se encontró cara a cara con Nigel.

–¿Qué haces? –gritó–. Me has dado un susto de muerte –se liberó de su mano de un tirón.

Nigel tenía un aspecto horrible. No se había cambiado de ropa ni se había afeitado desde la fiesta, y no parecía haber dormido. Tenía los ojos inyectados en sangre. Parecía un hombre al límite.

–¿Cómo me has encontrado? ¿Me seguías?

–Estaba vigilando tu edificio y te vi salir. Te he seguido para intentar que recuperes el sentido.

–¿Llevas horas siguiéndome por Manhattan? –preguntó ella inquieta. La había amenazado en la fiesta y llevaba horas siguiéndola. Dio un paso atrás. No quería estar al alcance de su mano.

–He hecho lo que tenía que hacer. Necesito hablar contigo –su voz tenía un deje de histeria.

–No hay nada de qué hablar porque no soy Cynthia Dempsey –le dijo Adrienne.

–¿Esa es tu nueva historia? –Nigel hizo una mueca y curvó el labio superior con desdén–. ¿Y quién eres ahora Señorita Clase Alta?

–Hubo una confusión en el hospital. Me llamo Adrienne. Creyeron que era Cynthia, pero he recuperado la memoria y sé que no lo soy.

–¿De verdad me crees tan estúpido?

Adrienne se preguntó por qué nadie la creía.

–No tengo ninguna rosa tatuada, Nigel. Sé que la habrás visto alguna vez. No voy a bajarme el pantalón en plena calle, pero puedes creerme. Will me echó de casa al ver que no tenía tatuaje. Por eso estoy paseando por Manhattan sin abrigo, bolso o dinero.

–Si eres Adrienne, ¿dónde diablos está Cynthia? –Nigel tragó saliva con esfuerzo.

Adrienne cerró los ojos. Cada vez que creía que las cosas no podían ir peor, el destino le demostraba lo contrario. Él tendría que haber sido capaz de llegar solo a la conclusión correcta.

–Siento decírtelo, pero Cynthia falleció en el accidente de avión. Equivocaron nuestra identidad y pensaron que había muerto yo en vez de ella.

Nigel tensó la mandíbula y se puso rojo de ira.

–¡Deja de mentirme! –gritó. Le dio un puñetazo en la barbilla que hizo que cayera hacia atrás.

Adrienne sintió la frialdad del cemento en la espalda y escuchó el golpetazo de su cabeza contra el suelo antes de perder la consciencia.

–No lo entiendo. ¿Qué hacia en SoHo sin dinero ni identificación? ¿La asaltaron?

Adrienne reconoció la voz aguda y preocupada de Pauline Dempsey. Tenía la cabeza hecha un lío. Lo último que recordaba era discutir con Nigel. ¿Cómo había acabado en una habitación con los padres de Cynthia? Sentía curiosidad pero le dolía demasiado la cabeza como para abrir los ojos.

–Es posible, pero lo dudo. La policía opina que la asaltó alguien conocido. El hombre que llamó a urgencias dio su nombre, tenía que conocerla.

–Apuesto a que era el hombre de anoche. Sabía

que tenía que haber llamado a seguridad –dijo su padre. O, más bien, George Dempsey.

Ella empezó a entender que estaba en el hospital. Nigel la había golpeado cuando le dijo que Cynthia había muerto.

–Se pondrá bien. Por suerte, el hombre le golpeó la mandíbula, no los pómulos o el resto de los huesos que aún están sanando tras la operación. Tiene conmoción, así que tendremos que vigilarla unas horas, pero no creo que sea nada serio.

–¿Nada serio? –la voz de George sonó irritada–. Mi hija no recuerda quién es ¿y opina que otro golpe en la cabeza no es nada serio?

Adrienne decidió que tenía que poner fin a ese circo. Se obligó a abrir los ojos y gimió de dolor.

–¿Cynthia?

Aún creían que era Cynthia. Will no les había dicho la verdad. Gracias a Dios, tenía la posibilidad de hacerlo ella. No quería que la pareja que la había tratado tan bien la odiara como él.

Adrienne se incorporó, volvía estar en una cama de hospital. Pauline y George estaban a su izquierda, el médico a la derecha. Al fondo de la habitación, apoyado en la pared, estaba Will.

En silencio, la observaba con fría indiferencia. Era obvio que la odiaba, pero no había dicho la verdad a los padres Cynthia. Se preguntó por qué.

–Cynthia, ¿estás bien? ¿Qué ha ocurrido? ¿Te atacaron? –Pauline se acercó y le acarició la mano.

–No soy Cynthia –dijo Adrienne con voz suave, mirando a la mujer que tenía al lado.

–¿Qué quieres decir, cariño? –Pauline y George se miraron con preocupación.

–No me llamo Cynthia. Ahora lo recuerdo todo. Soy Adrienne. Adrienne Lockhart.

Sus supuestos padres miraron al médico con ojos confusos y preocupados.

–¿Qué ocurre doctor? –exigió George.

El médico se acercó a la cama. Sacó una linternita e iluminó sus ojos mientras le hacía preguntas sobre fechas y políticos de actualidad. Ella contestó a todo, pero eso no pareció alegrarlo.

–¿Dices que no eres Cynthia Dempsey?

–Sí –asintió ella, haciendo una mueca de dolor–. Estoy segura de ser Adrienne. Soy de Milwaukee. Mis padres eran Allen y Miriam Lockhart –miró a Pauline y a George–. No entiendo esto. ¿Cómo pudieron confundirme con otra persona?

Pauline dio unos pasos atrás y se apoyó en George. Adrienne odió ver sus expresiones de dolor. No hacían falta explicaciones, como en el caso de Nigel. Además de ella, habían sobrevivido al accidente un adolescente y un niño pequeño. Si ella era Adrienne, Cynthia era una de las víctimas.

–El accidente fue muy grave, el rostro era irreconocible –el médico empezó a preparar su defensa para el inevitable juicio que seguiría–. ¿Recuerdas haber vivido como Cynthia?

–Sí. No recuerdo el día del accidente, pero sí todo lo demás, de antes y de después.

–Parece que la pérdida de memoria ha revertido, tal vez debido al segundo golpe. Y ello nos lleva a otra desafortunada complicación. Por favor, discúlpanos –dijo el médico–. Tengo que hablar con los Dempsey en privado –hizo un ademán para que la pareja lo siguiera afuera.

Adrienne tomó aire y se dejó caer sobre las almohadas. Cerró los ojos cuando las lágrimas nublaron la imagen del hombre airado que había al otro lado de la habitación. Will no iba a creer que tenía el corazón roto, y seguramente la acusaría de forzar lágrimas de cocodrilo para darle pena.

–No se lo dijiste –musitó tras un largo silencio.

–Quería ver si tú hacías lo correcto.

Ella abrió los ojos y lo miró. No se parecía en nada al Will feliz y relajado que la había besado en Times Square y bailado con ella en la fiesta. Solo quedaba la coraza dura y fría de un hombre de negocios que pretendía destruir a un competidor.

–¿Y?

–Eres mejor actriz de lo que creía –dijo él. Se dio la vuelta y salió de la habitación sin mirarla.

La puerta se cerró de golpe. Los últimos restos de amor y esperanza de Adrienne se rompieron en mil pedazos y ya no pudo contener las lágrimas.

–Puedes quedarte todo el tiempo que necesites. O el que aguantes. Es un quinto sin ascensor, de 37 metros cuadrados, así que dudo que aguantes mucho –Gwen le dio un papel con la dirección–. Instálate como en tu casa. Come lo que quieras. También puedes probarte mi ropa, aunque los pantalones te quedarán algo cortos. Llegaré a casa sobre las seis de la mañana.

Adrienne le dio un fuerte abrazo. Después de todo, la única nueva amiga que había hecho desde el accidente, era la que le quedaba. La muerte de Cynthia se había publicado hacía veinticuatro horas, y Adrienne Lockhart ya no era nadie.

—No sabes cuánto te lo agradezco —le dijo.

—Tranquila, cielo. Cuida esa mandíbula y ese chichón. Son una buena excusa para cenar un batido. Mañana te echaré un vistazo para comprobar que no necesitas volver al médico.

Era lunes por la tarde y, tras recibir el alta, Adrienne había ido a buscar a Gwen. Su plan era ir al piso, llamar a su tía para decirle que estaba viva y pedirle que le enviara dinero. Después compraría ropa y un billete de autobús. El tren era demasiado caro y no quería ni pensar en aviones.

Se despidió de Gwen y salió del hospital. Un coche negro se detuvo ante ella y Pauline Dempsey bajó la ventanilla y la llamó.

—¿Señora Dempsey?

—Pauline, cariño, por favor. ¿Tienes a quien te lleve dondequiera que vayas?

—Pensaba ir en metro —Gwen le había dado diez dólares para un billete y un batido.

—Nada de eso. Eres un imán para los problemas, cielo. Volverán a atracarte. Sube.

—¿Estás segura? —preguntó Adrienne cuando la puerta del coche se abrió de par en par.

—Sube al coche, por favor —el tono maternal y autoritario no daba derecho a réplica, así que Adrienne obedeció. Suponía que a Pauline le costaba mirarla y no ver a su hija–. ¿Tienes una dirección para Henry?

Adrienne le pasó el trozo de papel con la dirección de Gwen al chófer, que arrancó.

–Llamé para preguntar a qué hora saldrías. Quería hablar contigo antes de volvieras a Wisconsin.

–¿Hablar de qué? Les dije a los médicos que no recuerdo mucho –Adrienne seguía sin recordar el día del accidente y su encuentro con Cynthia.

–No pretendo sonsacarte, estoy preocupada por ti. Aunque no seas mi hija, pasé cinco semanas en ese hospital bebiendo mal café y rezando por tu recuperación. Me sentí muy orgullosa de ti el sábado por la noche. Eres una joven bella y con talento, sean cuales sean tus apellidos.

–Gracias –los cumplidos de Pauline la incomodaban un poco–. Siento lo de Cynthia.

–Quería mucho a mi hija mayor, pero podía ser muy difícil. A veces llegué a pensar que Will era un santo por aguantarla, por no hablar de estar dispuesto a casarse con ella.

Agachó la cabeza y clavó la mirada en las manos, que tenía unidas sobre el regazo.

–Estas últimas semanas contigo han sido muy agradables. A pesar de la ansiedad y el dolor, siempre fuiste dulce. Tendría que haberme dado cuenta de que no eras mi hija, pero tenía la esperanza de que hubiera cambiado a mejor. Creo que conservaré esos recuerdos como si fueran de Cynthia, para darle un final más positivo a su vida.

Adrienne asintió y tardó un momento en hablar.

–Mi madre murió cuando yo tenía ocho años. Le encantaba coser y yo pasaba horas viéndole hacer vestidos. Tras su muerte, me quedé con su máquina de coser y empecé a sentir pasión por el diseño de ropa. Pero siempre hubo un vacío en mi vida, para una adolescente es difícil crecer con un padre viudo. Cuando él murió, hace unos años, me quedé sola.

Hizo una pausa al ver que Pauline tenía los ojos llenos de lágrimas.

–Si no hubiera sido por el error, me habría despertado y habría pasado semanas sola en el hospital. Aunque no seáis mis padres, teneros a George y a ti estos meses ha sido maravilloso. Me gustaría seguir en contacto.

–Gracias –Pauline se inclinó hacia ella y la abrazó–. Me encantaría seguir en contacto contigo. Lo perdiste todo en el accidente. Terrible. ¿Cómo vas a volver a casa?

–Voy a pedir a mi tía que me envíe dinero para un billete de autobús. Oficialmente, estoy muerta, solo ella tiene acceso a mis cuentas bancarias.

–Quiero hacer algo por ti –afirmó Pauline.

–No, ya has hecho muchísimo –dijo Adrienne sorprendida–. La fiesta debió costar una fortuna.

–Tonterías. Quiero ayudarte a volver a casa. De la estación de Penn sale un tren a Chicago que sigue hasta Milwaukee. Me gustaría comprarte un billete, porque supongo que no te apetece volar.

–No puedo aceptarlo. Tengo la sensación de que ya me he aprovechado bastante de la vida de Cynthia.

Pauline abrió el bolso y sacó su teléfono móvil. Sin

darle tiempo a discutir, compró un billete de ida en coche cama para el día siguiente. Después, colgó y sonrió a Adrienne.

–Puedes recoger el billete en taquilla mañana. No discutas, porque ya está hecho. Trajiste luz a nuestra vida. Incluso a la de Will. Sé que se ha tomado esto muy mal y siento que se haya distanciado así. Pero hacía años que no lo veía tan feliz como ha estado contigo. Cuando os vi bailar en la fiesta, supe que estaba enamorado de ti. Seré la primera en admitir que eres mejor pareja para él que mi hija. Tal vez, cuando se sobreponga al shock, entenderá que te quiere a ti como persona, no por tu nombre.

Adrienne intentó contener las lágrimas. No se atrevía a esperar que Will cambiara de opinión. Era increíble que esa mujer entendiera la situación y el hombre al que amaba, no.

–Llámanos cuando llegues a casa –dijo Pauline cuando Henry bajó del coche para abrirle la puerta–. Espero saber de ti al menos una vez al mes. Era mi norma con Cynthia y ahora contigo.

–Sí, señora –Adrienne volvió a abrazarla. Bajó del coche y esperó en la acera a que se reincorporara al tráfico y desapareciera.

Estaba triste, pero también alegre. Aunque hubiera perdido al hombre al que amaba, había ganado una relación con Pauline y George, que era más de lo que había tenido antes del accidente.

Sacó la llave del bolsillo, abrió el portal e inició la subida al quinto, donde vivía Gwen.

Capítulo Doce

La bienvenida a Wisconsin no se pareció nada a la fiesta de Nueva York. Fue más bien deprimente, reflejo del giro que había dado su vida. Su tía Margaret la había recogido en la estación de tren. Nunca habían congeniado; a la tía Margaret no le había gustado Miriam, la madre de Adrienne y, por tanto, su hija tampoco le gustaba.

Cuando Adrienne salió de la estación, Margaret la esperaba con el ceño fruncido en su ranchera, rodeada de nieve. No hubo exclamaciones de alegría por verla viva, ni siquiera un abrazo. Solo una queja sobre el tráfico y porque Adrienne hubiera llegado en hora punta.

Durante todo el camino, Margaret habló de la molestia y el gasto que había supuesto organizar su funeral. Adrienne suponía que lo que más la irritaba era haberse molestado tanto por una persona con cuya muerte ya no ganaría nada.

Había visto un cartel de «Se vende» en el asiento trasero del automóvil. Suponía que Margaret estaba de mal humor porque, dado que Adrienne estaba viva, ya no podría instalarse en su casa, que siempre había envidiado. De hecho, la había presionado para que se la vendiera tras la muerte de su padre. Seguramente había puesto su propia casa en venta para mudarse.

Afortunadamente, Adrienne no había cedido y tenía un hogar al que regresar. Allí, con sus recuerdos de infancia y de sus padres, podría recuperar la serenidad.

Una vez ante su casa, dejó de necesitar la ayuda de su tía. Cuando Margaret la dejó ante su casa y se marchó, entró y empezó a recuperar su vida. Primero tuvo que hacer las llamadas necesarias para «revocar» su muerte; tras mucha explicación y papeleo, consiguió que reactivaran sus cuentas, tarjetas de crédito y suministro de electricidad, agua y demás. Después, limpió la casa de arriba abajo para librarla de tres años de polvo.

Tenía que enfrentarse a la tarea de empezar una nueva vida en Milwaukee.

Podía buscar un empleo, pero había estudiado y trabajado mucho para convertirse en diseñadora de moda. Se acercaban las festividades de Acción de Gracias y Navidad, y sería fácil vender prendas de temporada en el centro comercial, pero le parecía un desperdicio. Ya que tenía acceso a sus cuentas bancarias podía darse un tiempo. Con lo que gastaba en Manhattan en un mes, podía vivir cuatro en Wisconsin.

Así que decidió posponer lo inevitable un par de meses para aclimatarse y solventar las emociones que la tenían paralizada. No duraría mucho en ningún trabajo si empezaba a llorar en medio de la tienda mientras doblaba ropa. Y ese riesgo seguía vigente. Había creído que no le quedaban lágrimas que derramar por Will Taylor, pero de vez en cuando el dolor la superaba.

Para evitarlo, se mantendría ocupada. Si no pensaba en Will, no lloraría por lo que había perdido. Las cajas que había enviado desde Manhattan, llenas de ropa que había diseñado para la boutique y no había vendido, estaban en la sala. Subió las prendas al antiguo cuarto de costura de su madre y las colgó en un perchero con ruedas.

Esa habitación sería su nuevo taller. La máquina de coser de su madre siempre le había dado suerte y motivación. De hecho, estar en la habitación en la que había trabajado su madre la inspiraba. Tenía que empezar una nueva colección. Adrienne necesitaba una vía de escape para su energía emocional, y las nuevas prendas serían su terapia.

Reunió sus cuadernos y lápices y, sentada a la mesa del comedor, empezó a diseñar. Una nueva colección que le recordaría los tiempos felices que había pasado con Will, antes de la debacle.

La paleta de color no supuso problema. Un par de blusas y faldas en los cálidos colores otoñales vistos en su paseo por Central Park. Una chaqueta de cuero borgoña con pantalones marrones que le recordaba la decoración del restaurante italiano de su primera cita. Para acentuar la colección, un vestido corto de punto, con el tono rosa pálido de las rosas que él le había regalado. Como pieza final, un vestido de noche del color azul grisáceo de los ojos de Will.

Tardó muchos días. Incluso trabajó en Acción de Gracias, sin darse cuenta, porque su tía no la llamó para invitarla a comer. Cuando acabó, tenía una deslumbrante colección de treinta prendas que esperaban convertirse en algo real. Montones de tela ocupaban el suelo de la sala. Tenía por delante semanas de costura.

Adrienne había conseguido enterrar el dolor de perder a Will entregándose al trabajo.

El teléfono sonó una tarde, cuando estaba ante la máquina de coser. Como no solía recibir llamadas, corrió hacia el aparato para contestar.

–Hola. ¿Hablo con Adrienne Lockhart?

–Sí –Adrienne suspiró. La voz femenina le sonaba familiar, pero posiblemente fuera una reportera que quería detalles para un artículo. De vez en cuando, algún periodista neoyorquino llamaba porque estaba escribiendo sobre la triste muerte de la adorable Cynthia Dempsey. Adrienne solía decirles que no recordaba las semanas que había vivido como Cynthia. Así era más fácil. No quería causar más dolor a los Dempsey o a Will.

–Adrienne, soy Darlene Winters, de la revista *Trend Now.* No sé si te acordarás de mí.

–Sí, me acuerdo. Es un placer volver a hablar contigo.

–Me pareció lógico, aunque es la primera vez que me da plantón una persona milagrosamente recuperada de amnesia. Es una historia fascinante.

–No es tan interesante como suena –a Adrienne la decepcionó pensar que llamaba por cotilleo.

–Nena, te vi bailando con Will Taylor. Cuenta lo que quieras a la prensa, a mí no se me escapa una historia jugosa. Pero no te llamo por eso.

–Supongo que crees que fue tu nombre lo que me llevó a interesarme por tu trabajo. Muchos jóvenes diseñadores claman por mi atención, y es cierto que tu nombre hizo que me fijara más. Pero no he dejado de pensar en tus diseños. No llegué a ver los demás y estoy decepcionada.

–Agradezco tu interés –Adrienne no sabía qué decir. Estaba dispuesta a mandarle a Darlene lo que quisiera por mensajero. Solo tenía que pedirlo–. Es un gran cumplido.

–Te lo mereces. ¿Conoces el trabajo benéfico que realizamos en *Trend Now*?

–No –admitió ella–. Pero me encantaría saber más al respecto.

–Cada año, por esta época, celebramos un desfile de modas benéfico. Todos los ingresos se destinan a apoyar el arte y el diseño en las escuelas públicas de la localidad. En el desfile participan cuatro nuevos diseñadores con colecciones pequeñas, de diez piezas, pero les da mucha publicidad. Tras el desfile, seleccionamos a uno de los diseñadores y dedicamos cinco páginas dobles a sus creaciones en *Trend Now*.

Adrienne se había quedado helada, sin aire. Esperaba que Darlene dijera las palabras mágicas. Sería demasiado cruel llamar para no decirlas.

–Solemos seleccionar a los diseñadores con meses de antelación. Pero uno de ellos ha enfermado de gravedad y no podrá participar. Sé que es precipitado, pero quería ofrecerte que ocuparas su lugar.

–Sí –dijo ella sin dudarlo.

–¿Estás segura? –Darlene pareció sorprendida–. Es dentro de dos sem…

–Sí –la interrumpió–. Si fuera mañana, también diría que sí.

–De acuerdo entonces. Haré que te envíen toda la

información sobre el desfile y el papeleo que tendrás que firmar. El desfile es el sábado quince, espero verte allí con tus diez mejores diseños.

–Gracias por darme esta oportunidad, Darlene.

–Demuéstrales lo que vales. Hasta pronto.

Adrienne se quedó con el teléfono en la mano. Iba a exhibir su ropa en Nueva York, en un evento patrocinado por una de las revistas de moda más importantes del mundo. El potencial era increíble. Y si elegían su colección para la revista…

Tal vez su carrera no había acabado. Quizás el dolor, la cirugía, los huesos rotos, el corazón herido y los sueños perdidos merecerían la pena.

Adrienne corrió al comedor, donde sus diseños ocupaban toda la mesa. Había treinta bocetos, pero ninguno existía fuera del papel. Eligió los diez diseños que le parecían más impactantes, con el vestido de noche de satén azul como pieza final. Tendría que trabajar sin descanso durante dos semanas, pero lo haría.

Tenía que hacerlo.

–¿Señor Taylor? –Jeanine, su secretaria, asomó la cabeza–. El señor Dempsey está aquí.

Will tomó un sorbo de café. Había sabido que antes o después llegaría la reunión en la que el trato del lector de libros digital se iría a pique. No sabía si, durante semanas, él había evitado a George, o si había sido mutuo. Se habían visto en el funeral de Cynthia que, inesperadamente, se había transformado en un circo.

El amante de Cynthia, gimiendo como un poseso, se

había lanzado sobre el ataúd. La gente no había tardado en adivinar su papel, y había mirado a Will con sorpresa y compasión. La escena había horrorizado a George y Pauline, pero él no había parecido sorprenderse. Por lo visto mucha gente había captado el deterioro de su relación, aunque hubieran intentado ocultarlo.

Tras esa debacle, Will se había centrado en el trabajo y en celebrar Acción de Gracias con su familia. Pero ya solo tenían por delante las frenéticas compras navideñas, y estaba seguro de que George Dempsey no se ocupaba de esas cosas.

–Que entre.

George cruzó el umbral. Tenía sesenta y tantos años, pero era la primera ve que Will pensaba en su edad al verlo. Parecía haber envejecido mucho. Tenía bolsas bajo los ojos, las arrugas más marcadas, y había adelgazado, seguramente por el estrés de haber perdido a Cynthia.

–George, siéntate, por favor.

–¿Cómo te va, Will? –preguntó George, acomodándose en una silla.

–Voy tirando. Creo que las vacaciones serán bastante duras –lo cierto era que estaba fatal, pero no porque echara de menos a Cynthia.

–Pauline no sabe qué hacer consigo misma. Empezó a colgar los adornos de Navidad y tuvo que dejarlo porque cuando algo le recordaba a Cynthia se echaba a llorar. A veces tenemos la impresión de que está trabajando y que llamará cualquier momento. Luego recordamos la verdad.

Will entendía la sensación. Su ático parecía una

ciudad fantasma. Llegaba por la noche y esperaba ver a Adrienne allí. Oír el sonido de sus pies descalzos corriendo a recibirlo. Verla sentada en la cocina tomando tostadas y té. Se había acostumbrado a su presencia muy rápidamente.

—He estado pensando mucho, Will —George se recostó en la silla—. El proyecto del lector de libros tiene mucho potencial. Por eso he decidido que sigamos adelante con él.

—¿Y la familia y los lazos de sangre?

—Cynthia ha muerto, Will —George encogió los hombros—. Emma tiene dieciséis años y no voy a casarla para cerrar un trato. Me gusta trabajar con la familia, pero sé que tú puedes convertir este proyecto en un éxito. Es la tecnología del momento y tenemos que ponerla en marcha.

Will no sabía qué decir. El cambio de actitud era, cuando menos, sorprendente.

—Gracias. Me alegra saber que sigues interesado en trabajar con nosotros.

—Eres un buen hombre, Will. Cuidaste de Cynthia cuando ambos sabíamos que ibas a poner fin a la relación. Le diste una segunda oportunidad, aunque fuera la mujer equivocada. Esa es la dedicación y lealtad que busco en un socio —hizo una pausa y su expresión se suavizó—. Estuviste a punto de ser mi hijo, Will. Con eso me basta.

Charlaron un rato de temas triviales, le dio las gracias a George, prometió enviarle los documentos finales esa semana y lo acompañó hasta la salida.

Una descarga de adrenalina le surcó las venas. Sabía que ese proyecto podía poner al *Observer* a la altura del *Times*. Quería celebrarlo, pero la victoria le parecía vacía sin Adrienne. A pesar de las sospechas y el dolor, era a ella a quien quería besar y bañar en champán. Y ella se había ido.

Desde la marcha de Adrienne se había refugiado en la oficina. Trabajaba más que nunca, para evitar la casa vacía y los sentimientos que no quería admitir. Sintiendo que se ahogaba, se levantó y salió del despacho.

–¿Señor Taylor? –inquirió Jeanine al verlo.

–Me voy a casa. Reorganiza mi agenda. Dan se queda al mando –Will no esperó respuesta. No quería estar allí ni un segundo más.

Volvió a casa en taxi. Cuando cruzó el umbral, con el correo en la mano y el abrigo sobre el brazo, tenía la esperanza de que la opresión que sentía en el pecho se aliviara, pero no fue así. Y sabía el porqué. Frustrado, se quitó la corbata y la tiró sobre la cama, junto con el abrigo y el correo.

No dormía allí desde la marcha de Adrienne. Dormía en la habitación de invitados.

Desde hacía semanas, tenía la sensación de que algo fallaba. Pero era demasiado testarudo para analizar seriamente qué era. Por la noche, en la cama, la pelea del cuarto de baño se repetía en su cabeza una y otra vez. Veía la expresión de miedo y desconsuelo de Adrienne intentando explicarle algo que se había negado a escuchar.

Se detuvo ante el vestidor del dormitorio. No había vuelto a entrar allí, ni tampoco al taller de Adrienne. Eran demasiados recuerdos.

Will giró el pomo y entró. Vio las mismas filas de ropa colgada, las innumerables cajas de zapatos alineadas. Lo único fuera de lugar era una prenda tirada en el suelo. Se agachó y recogió la blusa. En el cuello, una etiqueta rezaba Diseños Adrienne Lockhart. Justo lo que ella había intentado decirle.

Se maldijo mil veces. Era un idiota. Ella había intentado explicarse y no había querido escuchar. Había llegado a sus propias conclusiones y la había echado de su vida. ¿Por qué lo había hecho?

Sin duda, porque era más fácil que admitir que se había enamorado de ella. Más fácil que admitir que le había hecho el amor a una mujer que, en el fondo, sabía que no era su prometida. Había huido de una situación complicada culpándola a ella, acusándola de mentir y simular.

Adrienne había estado a punto de morir en un accidente de avión. Había soportado horas de cirugía reconstructiva y semanas en el hospital. Su rostro había estado tan destrozado que era irreconocible. Sin embargo, él había decidido rechazar que la conmoción cerebral le hubiera provocado una amnesia de tan larga duración.

Quizá se habría recuperado antes estando expuesta a cosas que conocía. Si hubiera visto a su familia y amistades en el hospital. Los médicos y personas que insistían en decirle que era quien no era, habían magnificado el problema.

Will tendría que haber hablado cada vez que ella hacía algo que no cuadraba con su personalidad. Podrían haber aclarado la situación hacía semanas. Él se habría ahorrado el dolor de corazón, pero también el júbilo y la pasión.

En realidad no había querido aclarar las cosas. No había querido perder a esa mujer considerada y amorosa. Por una vez en su vida, había querido disfrutar de una vida que le parecía maravillosa.

Will salió del vestidor y se dejó caer sobre la cama. Había cometido un terrible error y no sabía cómo arreglarlo. Si reservaba el siguiente vuelo a Milwaukee y se presentaba en su casa, era muy posible que le diera con la puerta en las narices. Se lo merecía, porque él le había hecho eso mismo.

Se movió en la cama y un sobre cayó al suelo. Estiró el brazo para recogerlo y lo abrió. Parecía una invitación a algún evento al que no asistiría.

Era la invitación al desfile de moda anual de T*rend Next*. Cynthia solía llevar un cheque, él se quedaba en casa. Tiró la tarjeta sobre la cama, y un papelito revoloteó en el aire. Curioso, lo recogió.

Debido a causas imprevistas, Nick Matteo no podrá participar en la muestra. La diseñadora Adrienne Lockhart ocupará su lugar.

Will llamó al número indicado para confirmar la asistencia.

Capítulo Trece

–¡No es ese cinturón! ¿Quién se lo ha puesto?

Adrienne corrió hacia la fila de modelos. Quitó un cinturón y lo reemplazó con otro hecho del mismo cuero borgoña que había usado para la chaqueta de aviador que lucía otra modelo. Dio un paso atrás y suspiró con alivio.

Las últimas tres horas habían sido un caos. Las chicas tenían que pasar por peluquería, maquillaje y vestuario. Adrienne tenía que comprobar que cada modelo contaba con los accesorios adecuados para completar el conjunto. Por suerte, era la última en desfilar y había visto los otros tres pases.

–¿Está listo todo el mundo?

Tras dos semanas de dieta de cafeína, azúcar y no dormir, la que no sabía si estaba lista era ella. Pero era el momento de darlo todo. Si aguantaba una hora más, podría dormir una semana.

–Señorita Lockhart, su turno –el director de producción le dio un micrófono–. Buena suerte.

Adrienne tomó aire, se estiró la falda de cuero y la blusa verde musgo, y salió a la pasarela.

Las luces del escenario impedían ver al público. Si no hubiera sido por los aplausos, habría pensado que no había más de cinco espectadores.

–Buenas noches –dijo, alzando el micrófono–. Soy Adrienne Lockhart y estoy encantada de compartir mi trabajo con ustedes. Mi colección se inspira en los últimos meses que viví en Nueva York. Tal vez reconozcan mi nombre por haberlo visto en los periódicos locales. Estuve a punto de morir, reconstruyeron mi rostro, perdí la memoria, me enamoré, me desenamoré, y reencontré mi ser y mi pasión por el diseño. Manhattan es un mundo de locura en el que perderse, y eso pretendo mostrar esta noche. Espero que lo disfruten.

Se despidió con la mano y dejó la pasarela. Sonaron los primeros compases de la bella melodía que había elegido para iniciar el desfile. La suerte estaba echada, solo cabía esperar.

Observó el desfile en la pantalla. Intensidad vertida en colores, texturas y telas; sangre, sudor y lágrimas. Era la colección otoñal perfecta, y el mejor reflejo del tiempo pasado con Will.

Por fin llegó el turno de la última pieza. El vestido de organdí azul grisáceo era más fabuloso que el verde esmeralda que había lucido en su fiesta. Solo tenía un hombro y se pegaba al torso como una segunda piel para explotar, por debajo de las caderas, en una falda que era puro volumen.

Adrienne contuvo la respiración cuando la modelo desapareció tras la esquina y el resto de las modelos se pusieron en fila para el último pase.

–Aplausos y sonrisas, señoritas –aleccionó el productor–. Tú también –le dijo a Adrienne.

Forzando una sonrisa, Adrienne siguió a las modelo que lucía el traje de noche y saludó con la mano, asombrada por la salva de aplausos que las recibió. Las fuertes luces y los destellos de los flashes la deslumbraron.

Era su momento. Con lágrimas en los ojos, hizo un pequeña reverencia y tiró un beso a la audiencia. Al girar para abandonar la pasarela, le pareció ver a alguien conocido en la primera fila.

Supuso que eran imaginaciones suyas; había puesto su cara a otro hombre porque anhelaba compartir el momento con él. Era imposible que Will Taylor estuviera en primera fila con un ramo de rosas de color rosa pálido sobre el regazo.

Movió la cabeza e intentó centrarse en su júbilo. Por suerte, el caos que había entre bastidores le impidió pensar. Modelos y diseñadores corrían de un lado a otro, periodistas y espectadores llegaban para hablar del desfile. Adrienne estaba sola porque Gwen tenía guardia, así que fue a ayudar a las modelos a cambiarse.

–¿Cuál fue la fuente de inspiración para ese impresionante vestido azul? –le preguntó un periodista.

–El color de los ojos de mi amante –respondió ella, con una sonrisa traviesa. Había recorrido cinco tiendas hasta encontrar el tono perfecto.

El periodista tomó notas, hizo algunas fotos y corrió a entrevistar a otro diseñador.

Poco tiempo después, el ruido se aquietó y modelos, periodistas y diseñadores empezaron a marcharse. Adrienne cerró la cremallera del armario con ruedas y metió los últimos accesorios en una bolsa, que ató a la barra.

Estaba hecho. Se había dejado la piel, pero había creado una colección que había recorrido la pasarela de un desfile de moda de Manhattan.

–¿Adrienne? –llamó una mujer. Era Darlene.

–Muchas gracias por esta oportunidad –Adrienne no dudó en darle un abrazo.

–Gracias a ti. Cuando el cuarto diseñador nos falló, no sabía que hacer. Me salvaste, y con matrícula. Todo el mundo habla de tu colección. Creo que era la mejor de las cuatro.

–¿De verdad? –Adrienne se había esforzado mucho, pero no esperaba poder hacer competencia a diseñadores que llevaban meses preparándose.

–He hablado con Milton, el propietario de *Trend Now*, y estamos de acuerdo; tu colección será la que aparezca en el número de marzo.

–¿Lo dices en serio? –Adrienne estaba atónita.

–Muy en serio. No sé cómo lo hiciste, pero es un trabajo excepcional. Si puedes quedarte en Manhattan, haremos la sesión fotográfica dentro de un par de días.

–Desde luego –Adrienne había pensado quedarse en casa de Gwen unos días. Quería visitar a un par de amistades de antes del accidente y hacer compras navideñas. Le dio una de sus nuevas tarjetas de visita–. Mientras esté aquí, puedes llamarme al teléfono móvil.

–Te llamaré mañana. Esta noche, sal a divertirte. Te lo has ganado.

Adrienne esperó a que la editora de moda doblara la esquina para dejarse caer en una silla. Estaba agotada emocional y físicamente, pero le daba igual. Tenía talento, Darlene no hacía cumplidos inmerecidos. Quería vender revistas.

El reportaje podía cambiar mucho las cosas. El primer paso sería actualizar su página web y enviar prendas a estilistas para publicitarse. Si todo iba bien y decidía abrir otra tienda, podía sugerirle a Gwen que buscaran un piso de dos habitaciones; compartir el alquiler sería un ahorro.

–¿Estás pensando en abrir una tienda en Manhattan? –preguntó una conocida voz masculina, que resonó en el espacio vacío.

Ella movió la cabeza, pensando que su imaginación volvía a jugarle una mala pasada. Pero Will estaba a tres metros de ella, más guapo que nunca, con vaqueros, camisa y chaqueta de cuero. Sujetaba un ramo de rosas. Adrienne no se atrevió a especular sobre qué significaba su presencia allí, y encima con flores.

–No –lo miró de frente–. Esta publicidad es genial, pero si no crea demanda no ganaré un céntimo. No puedo permitirme una tienda.

–Es una pena. Conozco a un tipo que tiene el local perfecto en alquiler. Seguro que te haría una buena oferta si estuvieras interesada.

Por lo visto, Will había ido a darle un soplo inmobiliario, y el ramo era un detalle por su debú.

–¿Cómo de buena? –preguntó, por cortesía.

–Gratis.

–Nada es gratis –Adrienne movió la cabeza.

–Totalmente gratis –insistió él–. Sin ataduras.

–¿Por qué iba a hacer eso? –pensó que estaba jugando con ella y la ira tiñó sus mejillas de rubor.

–No necesita el dinero. Y creo que se siente mal por cómo te han ido las cosas.

–Las cosas me han ido de maravilla –rezongó ella, cruzando los brazos sobre el pecho–. Acabo de tener

147

mi primer desfile. *Trend Now* va a hacer un reportaje sobre mi colección. Mi carrera va de perlas. Puedes decirle a «ese tipo» que no necesito su compasión. Abriré una tienda cuando pueda permitírmelo.

Will arrugó la frente. Era obvio que no esperaba su enfado. Pero si creía que con ofrecerle un local y unas flores iba a arreglar las cosas entre ellos, se equivocaba.

Le había roto el corazón y la había puesto en la calle sin un dólar en el bolsillo. No podía confiar en alguien así. Y sin confianza no podía haber amor. Así que, por desgracia, no les quedaba nada.

—En tu presentación dijiste que te habías enamorado. Y desenamorado —dijo él.

Adrienne lo había dicho sin pensar que Will pudiera estar en la audiencia. Lo cierto era que seguía queriéndolo. Anhelaba tocar su pelo, enterrar el rostro en su cuello y abrazarlo con fuerza. Pero no era idiota. La última vez que había sido sincera con él, le había pisado el corazón.

—¿Y? —lo retó.

—Y —se acercó unos pasos—, quería saber si es verdad. ¿Te has desenamorado de mí?

Adrienne alzó el rostro, con su expresión más desafiante. No iba a lanzarse a sus brazos y confesar su amor para que volviera a rechazarla.

—Es verdad —mintió—. Ya no te quiero, Will.

Él intentó no sonreír. Se había equivocado. Adrienne era la peor actriz del mundo. No sabía mentir y era imposible que hubiera simulado dos meses de amnesia.

Lo importante era que estaba mintiendo en ese momento: seguía queriéndolo. Will entendía que no quisiera admitirlo. La había herido y traicionado. No se merecía su amor, pero estaba dispuesto a luchar por él.

—Lamento que sientas eso —dijo él.

—Me rompiste el corazón y no pienso volver a confiártelo —a Adrienne le tembló la voz. Él sabía que tenía que resultarle difícil decir eso, sobre todo porque él le importaba.

—Me gustaría ayudar a arreglar lo que he arruinado, pero entiendo que no te interese. Aunque es una pena —dijo, retrocediendo un paso.

—¿Por qué? —preguntó ella, avanzando.

—Verás, el tipo es amigo de un agente inmobiliario que lo convenció para invertir en un local, pero es muy puntilloso a la hora de alquilarlo. Está loco de amor por una mujer, pero si ella no quiere el local y no lo quiere a él, se verá obligado a alquilárselo a alguna cadena de moda para adolescentes.

—¡No! —exclamó ella con expresión de pánico.

—No, ¿qué? —presionó él—. ¿No, sí quieres el local? ¿No, me quieres a mí? ¿No, no se lo alquiles a una cadena?

—No a todo —admitió Adrienne, rindiéndose.

—Las he traído para ti —dijo Will. Cerró la distancia que los separaba y le ofreció el ramo.

—Gracias —aceptó las rosas e inhaló su perfume.

—Siento cómo me comporté y no haberte creído. Me estaba costando mucho entender lo que sentía por ti y por Cynthia, y te culpé a ti de todo.

Ella lo miró con expectación, pero aún cauta.

–El otro día George vino a la oficina a cerrar el negocio del lector de libros. He dedicado cientos de horas al tema, pero el éxito no significó nada porque no pude compartirlo contigo. No con Cynthia. Contigo, Adrienne. En muy poco tiempo, te volviste más importante que nada para mí.

En silencio, ella miró las rosas. Él se acercó y puso las manos en sus brazos.

–Sé que fui horrible contigo. No merezco tu perdón, pero te lo suplico. Te quiero, Adrienne. Nunca me había sentido así con nadie y, la verdad, me asustó. Pero estas semanas sin ti han sido como vivir a medias. Aunque ya no pueda tenerte, no podría soportar saber que me odias –alzó la barbilla de Adrienne y vio lágrimas en sus ojos.

–No te odio –musitó ella.

–Pero, ¿me quieres aún?

–Sí –asintió y una lágrima rodó por su mejilla–. Te quiero, Will.

Él le quitó las rosas, las tiró sobre una mesa y la apretó contra su pecho, inhalando su aroma.

–Me alegro de no haberlo arruinado del todo –se apartó un poco–. Tenía esperanzas, así que traje esto por si acaso –sacó una caja del bolsillo y apoyó una rodilla en el suelo–. Ábrela –le pidió, ofreciéndole la caja de terciopelo.

Adrienne la aceptó con mano temblorosa. Tras abrirla, miró el contenido boquiabierta.

–No es el mismo anillo –dijo, desconcertada.

Will no había querido darle algo diseñado para otra persona. Así que había pedido a su joyero que creara un anillo nuevo para Adrienne. Era un zafiro rosa de dos quilates, rodeado por un círculo de diamantes redondos, montado en platino.

–Quería un anillo bello y único. Como tú.

Se lo puso en el dedo. Le quedaba perfecto.

–Adrienne, has cambiado mi mundo. Vivía a medias hasta que te conocí. Creí que nunca volvería a ser feliz, pero me equivocaba. Tú hiciste que quisiera vivir la vida de otra manera. Y quiero seguir haciéndolo. Cásate conmigo, Adrienne.

–Es una preciosidad –miró el anillo y luego a él. Se arrodilló a su lado–. No sé qué decir, Will.

–Solo tienes que decir sí –Will sonrió y le agarró las manos.

–¡Sí! –gritó ella, lanzándose a sus brazos. El súbito ataque lo desequilibró y cayó de espaldas al suelo, con Adrienne encima.

Ella se sentó a horcajadas sobre él, posó las palmas de las manos en sus mejillas y lo besó. Will la rodeó con sus brazos y la apretó contra él. Había echado mucho de menos abrazarla esas últimas semanas. Se sentía vacío sin ella.

Cuando sus labios se separaron, tomó aire para aplacar su ardor. No era el lugar ni el momento de atacar a su prometida como quería. De repente, Adrienne empezó a reírse.

–¿Qué? –preguntó. La mujer pasaba de la ira al llanto y luego a la risa. No iba a aburrirse con ella.

–¡Vamos a casarnos! –exclamó Adrienne, como si él no hubiera oído la noticia aún.

–Lo sé –Will se incorporó hasta sentarse en el suelo con Adrienne sobre su regazo y rodeándole la cintura con las piernas–. ¿Significa eso que volverás a Nueva York y vivirás conmigo?

–Tengo que volver a casa y ocuparme de algunas cosas, pero no tardaré. Pero si vuelvo, quiero que empecemos de cero, separando el pasado de nuestra nueva vida. ¿Podríamos mudarnos a otro piso?

–Desde luego –Will sonrió. Ya había visto algunos pisos más cerca de la oficina.

–¿Y comprar muebles nuevos? Cosas que no sean tan… No sé…

–Yo sí sé –rio él. Odiaba casi todo el mobiliario del piso–. Nos llevaremos solo lo que queramos.

–Como mi máquina de coser –Adrienne sonrió, excitada por la idea de una nueva vida en común–. Supongo que solo queda una cosa de la que hablar.

–Ah, ya lo sabía. El festejo de boda, ¿no?

Will no sabía qué tipo de boda quería Adrienne, pero estaba seguro de que sería algo distinto, maravilloso y emocionante, como lo sería su vida en común.

–Lo que quieras, lo tendrás. Compraré todas las rosas de Sudamérica, si es lo que quieres.

–Eso es maravilloso, gracias –Adrienne sonrió avergonzada–. Pero no me refería a la boda.

Will arqueó una ceja con curiosidad. Ella no dejaba de sorprenderlo. Suponía que ya estaría diseñando su vestido de novia y toda la fiesta.

–¿Qué te parece más importante que planificar nuestra boda?

–¿No habías dicho algo sobre un local gratuito para mi nueva boutique?

Epílogo

Daily Observer, Columna de sociedad
Por Annabelle Reed-Graham
Sábado, veinte de octubre
Central Park

Estoy segura de que este último año mis lectores han se-
guido el drama de la vida real que ha sido el romance entre
William Reese Taylor, propietario del Daily Observer *(y mi*
jefe), y su prometida, Adrienne Lockhart, la bella y talentosa
diseñadora de moda. La pareja siempre contó con todo mi
apoyo, y me emocioné como nunca al teclear la noticia de su
compromiso el pasado mes de diciembre, cuando el novio se
declaró con un elegante anillo de zafiro rosa y diamantes.
Tras meses de espera, el fin de semana pasado tuve el privile-
gio de asistir a su íntima boda de otoño.

Si esperáis la crónica una de esas grandes, lujosas y abu-
rridas bodas en el Plaza, os sorprenderéis. Aunque es de todos
conocido el espíritu libre y el estilo desenfadado de la novia en
sus creaciones, nadie sabía cómo sería su boda. Aventuramos
desde un vestido de novia rosa fucsia hasta una ceremonia
en un tejado, pero todos nos equivocamos. Fue un bello even-
to tradicional, con elementos singulares y únicos.

La ceremonia se celebró en los Jardines Shakespeare de
Central Park, ante menos de cien amigos y familiares. Un ele-

gante cuarteto de cuerda amenizó la espera de la llegada de la novia.

Para sorpresa general, la novia caminó hasta el altar del brazo de George Dempsey, padre de la difunta Cynthia Dempsey. La novia estaba deslumbrante con un vestido de satén y organdí color marfil, diseñado por ella misma. Era un vestido sin hombros, con corpiño bordado con espirales de perlas y cristales Swarovski, oro y plata. La falda era voluminosa y revoloteaba como una grácil campana. En los pies, la novia lucía unas descaradas chanclas marfil y cristal.

El ramo de la novia consistía en rosas color marfil de puntas rosadas y jazmín de Madagascar de botón rosado. El lazo que unía los tallos era del mismo tono rosa que el vestido de la dama de honor, la señorita Gwendolyn Wright, amiga de la novia y enfermera del hospital donde fue atendida tras su trágico accidente, hace un año.

El novio y su padrino, Alexander Stanton, lucían esmoquin de Armani. El novio no acusó nerviosismo alguno. De hecho, estaba tan centrado en la que iba a ser su esposa, que todos podríamos haber desaparecido sin que él lo notara.

La pareja intercambió los votos bajo un arco de hortensias blancas y rosas marfil y rosa.

Tras la ceremonia, los invitados dieron un paseo por Central Park en coche de caballo, antes de ser conducidos al restaurante The Loeb Boathouse, donde se celebró la recepción. Los invitados disfrutaron del cóctel de bienvenida «La novia descalza», una mezcla de vodka, puré de fresa y gaseosa de limón, y degustaron aperitivos inusuales, como medias noches de filet mignon, cucharas de macarrones y queso fritas y perritos empanados en miniatura con mostaza china.

La cálida madera del rústico pero elegante Boathouse era

el fondo perfecto para la decoración en tonos crema, rosado y oro. Las paredes estaban iluminadas con delicada luz rosa y en todas las superficies había grupos de velas marfil y pétalos de rosa. Cada mesa estaba vestida con mantel rosa bordado con perlas y cristales, replicando el dibujo del vestido de la novia. Los centros de mesa eran dorados, con rosas, lirios y hortensias, decorados con ristras de cuentas de cristal y de perlas.

A su llegada, los novios inauguraron la pista de baile con una animada canción de Chuck Berry. Pronto se unieron a ellos la dama de honor y el padrino. Me pareció que hacían una pareja muy interesante a la que habrá que prestar atención, dado que el padrino es un notorio playboy.

Tras unos bailes se sirvió una cena que incluía ensalada de espinacas, sopa fría de melón, filete con gambas, patatas al ajo y espárragos gratinados.

A tono con el estilo de la novia, la tarta de boda fue una inspirada y divertida creación de Alquimia Pastelera, decorada con una cascada de globos de azúcar de color rosa, marfil y borgoña. La tarta rectangular de cuatro alturas alternaba pastel de chocolate con relleno de cerezas y crema y pastel de chocolate blanco con relleno de fresas y nata.

Tras la cena, la novia cambió el vestido de novia por uno de cóctel color fucsia, también diseñado por ella, y una grupo de música amenizó la velada hasta altas horas de la noche. Muchas de las damas acabaron quitándose los zapatos y bailando descalzas sobre la blanca pista de baile.

También se ofrecía la opción de relajarse en la terraza, dar una vuelta en góndola por el lago o disfrutar de un batido en el bar. Yo opté por uno de caramelo y nueces con helado de vainilla.

A la salida, las damas recibían un bolsito de seda y los

caballeros un pañuelo bordado, ambos de Diseños Adrienne Lockhart. En el bolsito había una tarjeta que les informaba de que se había realizado una donación en su nombre a la Fundación Trend Next, que colaboró en el lanzamiento de la carrera de la novia hace un año.

Antes de irme tuve la oportunidad de preguntar a la feliz pareja qué deseaban para el futuro.

—Mi deseo es que pasemos cada día de los siguientes cincuenta años tan felices y enamorados como en este momento —dijo la novia.

—Mejor, que sean sesenta —añadió el novio antes de besarla con una pasión que hizo ruborizarse a vuestra humilde reportera.

Tengo que admitir que cuando dejaron el restaurante en coche de caballos, se me humedecieron los ojos. Espero que la pareja siga así de feliz para siempre. No he conocido a ninguna que lo merezca más.

En la cama con su rival
KATHIE DENOSKY

La inesperada adopción de su sobrina debía de haber vuelto loco a Brad Price. ¿Cómo si no podía sentirse atraído por su rival de toda la vida, Abby Langley? A pesar de enfrentarse en las elecciones a la presidencia del Club de Ganaderos de Texas, Abby no podía evitar ayudar al recién estrenado papá. Y él tampoco podía dejar de pensar en ella… y desearla.

A Abby los esfuerzos de Brad por convertirse en un buen padre le resultaban entrañables e irresistiblemente sexys. Además, sus apasionados besos la volvían loca. Aunque no quería ceder, la única estrategia ganadora era la rendición absoluta.

La regla más importante era saber ganar

¡YA EN TU PUNTO DE VENTA!

Acepte 2 de nuestras mejores novelas de amor GRATIS

¡Y reciba un regalo sorpresa!

Oferta especial de tiempo limitado

**Rellene el cupón y envíelo a
Harlequin Reader Service®**
3010 Walden Ave.
P.O. Box 1867
Buffalo, N.Y. 14240-1867

¡Si! Por favor, envíenme 2 novelas de amor de Harlequin (1 Bianca® y 1 Deseo®) gratis, más el regalo sorpresa. Luego remítanme 4 novelas nuevas todos los meses, las cuales recibiré mucho antes de que aparezcan en librerías, y factúrenme al bajo precio de $3,24 cada una, más $0,25 por envío e impuesto de ventas, si corresponde*. Este es el precio total, y es un ahorro de casi el 20% sobre el precio de portada. !Una oferta excelente! Entiendo que el hecho de aceptar estos libros y el regalo no me obliga en forma alguna a la compra de libros adicionales. Y también que puedo devolver cualquier envío y cancelar en cualquier momento. Aún si decido no comprar ningún otro libro de Harlequin, los 2 libros gratis y el regalo sorpresa son míos para siempre.

416 LBN DU7N

Nombre y apellido	(Por favor, letra de molde)

Dirección	Apartamento No.

Ciudad	Estado	Zona postal

Esta oferta se limita a un pedido por hogar y no está disponible para los subscriptores actuales de Deseo® y Bianca®.
*Los términos y precios quedan sujetos a cambios sin aviso previo.
Impuestos de ventas aplican en N.Y.

SPN-03   ©2003 Harlequin Enterprises Limited

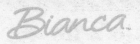

Ella tenía que cumplir una promesa

Cesario Piras, el melancólico señor del Castello del Falco, no estaba preparado para recibir a la visitante que llamó a su puerta durante una tormenta aterradora… ni para el bebé que ella tenía en brazos y llevaba el apellido de los Piras. La cabeza le pidió a gritos que saliera corriendo, pero el maltrecho corazón de Cesario empezó a traicionarlo.

Beth Granger supo, en cuanto llamó a la puerta del castillo, que ya no podía echarse atrás. Pero cuando Cesario la miró a los ojos suplicantes, todo su plan empezó a desmoronarse…

Tras las puertas del castillo

Chantelle Shaw

El secreto de Alex

MAUREEN CHILD

Para el experto en seguridad Garrett King, rescatar a una dama en apuros era una rutina diaria, aunque se tratase de una princesa sexy y deseable a la que pensaba tener muy cerca. Garrett sabía que la princesa Alexis había escapado de su palacio en busca de independencia y amor verdadero... un amor que creía haber encontrado con él. Pero Garrett no era un caballero andante, sino un experto en seguridad contratado en secreto por el padre de Alexis para protegerla durante su aventura.

Era un solterón empedernido que no creía en los finales felices... pero un beso de la princesa podría cambiarlo todo.

Él no era un héroe de novela

¡YA EN TU PUNTO DE VENTA!